ज्ञान गरिमा के

70 वर्ष

भारतीय ज्ञानपीठ

णाणं पयासयं

वीर नि.सं. 2470

ई.सन् 1944

भारतीय ज्ञानपीठ

तप्तसमाधि तथा अन्य कहानियाँ

तप्तसमाधि तथा अन्य कहानियाँ

मीरा सीकरी

भारतीय ज्ञानपीठ

लोकोदय ग्रन्थमाला : ग्रन्थांक 1185
ग्रन्थमाला सम्पादक
रवीन्द्र कालिया
सह-सम्पादक
गुलाबचन्द्र जैन

ISBN 978-93-263-5207-9

तप्तसमाधि तथा अन्य कहानियाँ
(कहानी-संग्रह)
मीरा सीकरी

प्रथम संस्करण : 2013
मूल्य : 120 रुपये

प्रकाशक : **भारतीय ज्ञानपीठ**
18, इन्स्टीट्यूशनल एरिया, लोदी रोड, नयी दिल्ली-110 003

मुद्रक : विकास कम्प्यूटर ऐंड प्रिंटर्स, नोएडा

आवरण : अजय कुमार शर्मा
आवरण-सज्जा : ज्ञानपीठ कला प्रभाग

TAPTSAMADHI TATHA ANYA KAHANIYAN
(Hindi Short-stories)
by Meera Sikri

Published by
Bharatiya Jnanpith
18, Institutional Area, Lodi Road
New Delhi-110 003
e-mail : jnanpith@satyam.net.in, sales@jnanpith.net
website : www.jnanpith.net

First Edition : 2013
Price : Rs. 120

अनुक्रम

तप्तसमाधि

"बेटा, अभी पन्द्रह दिन पहले ही तो तुम ऋषिकेश में राफ्टिंग कर छुट्टी मनाकर आये हो—अब मनाली जाने की ज़िद क्यों कर रहे हो? भगवान ने तुम्हें खुशहाल वापिस भेज दिया है—आज अखबार में तुमने पढ़ा नहीं, कल दो बच्चे वहीं डूब गये?"

"डरपोक माँ, मैं हूँ न तुम्हारे सामने वन पीस—मत डरा करो इतना—पहली अगस्त को तो मैंने हैदराबाद के फॉरेन ट्रेड इंस्टीट्यूट को ज्वायन कर लेना है—नयी-नयी नौकरी में फिर न जाने दोस्तों से मिलना कब हो? मुझे जाने दो न प्लीज़!"

"रोकूँ भी तो तुम्हें कौन-सा रुक जाना है! अपने पापा को मना लो—वैसे बेटा, मैं तो चाहती थी कि यह बचा हुआ एक डेढ़ महीना हमारे पास रह लो—फिर तो तुम्हारे पास अपना मनचाहा सबकुछ होगा—गाड़ी, बँगला, क्लब, कर लेना वहाँ मनमानी।"

"ममा, तुम क्यों नहीं समझती बोर हो जाता हूँ मैं घर में—आदत पड़ी हुई है न रात-रात जागकर पढ़ने की और पढ़ाई-परीक्षा से छूटे तो दिल भरकर दोस्तों के साथ छुट्टी मनाने की—मैं और लड़कों की तरह से रात-रात डिस्को में तो बिताता नहीं—न बीयर और शराब में धुत होता हूँ—मुझे तो बस यही शौक है न—ट्रैकिंग का—मुझे नदी बुलाती है—पहाड़ बुलाते हैं—उन्मुक्त फैली धरती और आसमान बुलाता है—याद रखना अगर नहीं जाने दोगी तो तुम्हारे सामने यहीं अपनी ऊब में ही खत्म हो जाऊँगा—तब अखबार में छपेगा—

"एक युवक की अपनी ही ऊब से मृत्यु"

"चुप बदमाश, भगवान ने सुन्दर चेहरा दिया है तो बात भी सुन्दर किया कर—ऐसा कहकर मुझे इमोशनली ब्लैकमेल मत कर—मेरी किस्मत में तो तेरा इन्तज़ार ही लिखा है—पहले स्कूल से आने की बाट जोहती थी, फिर कॉलेज से

आने की, अब हैदराबाद चला जाएगा तो तेरे फोन के आने का इन्तज़ार किया करूँगी।''

फोन शब्द के चेतना में आते ही अपनी तन्द्रा की बेसुधी में विभु से संवाद करती नीरा यथार्थ की पीड़ा में लौट आयी—मनाली से, होटल मैनेजर द्वारा फोन पर दी गयी मारक सूचना कि चार लड़कों में से एक मिसिंग है, रात बारह बजे ही आ गयी थी और अन्य अभिभावक के साथ अरविन्द रात ही मनाली के लिए चले गये थे।

उसी वक्त नीरा के मन में खटका था कहीं यह मिसिंग लड़का 'विभु' ही तो नहीं? सबका लीडर तो वही था—कार्यक्रम बनाने वाला, जगह तय करने वाला—सारे इन्तज़ाम करने वाला—लौटे हुए लड़कों ने खुद, अपने-अपने घर जरूर फोन किया होगा—अपने मुँह से विभु के वापिस न लौटने की सूचना दे सकने का साहस न जुटा पाये होंगे इसलिए हमारे घर मैनेजर से फोन करवाया होगा—व्यास के किनारे पत्थरों पर लड़के बैठ गये थे—उनमें से कैमरा लटकाये एक पानी के बीच में पड़े बड़े पत्थर पर बैठ गया और अपने पाँव उसने पानी में डाल दिये—एक लड़के ने रोका भी था कि इतने तेज प्रवाह में पैर डालकर मत बैठ, पर उसने सुना अनसुना करते हुए जवाब दिया था—तुम लोग मेरी तरफ मुँह किए रहो, जब मेरा मन होगा मैं फोटो खींच लूँगा—न जाने फोटो खींचने के लिए खड़ा हुआ था या बाहर किनारे पर आने के लिए कि उसका पत्थर पर सन्तुलन बिगड़ा और वह पानी में गिर पड़ा। नदी किनारे घिर आयी साँझ के अँधेरे में तेज़ प्रवाह में उसे पकड़ा नहीं जा सका।

हाँ, यह विभु ही है—उसके मित्रों के अभिभावक इस सच को ज़रूर जानते होंगे तभी तो सब मनाली गये भी नहीं—तो क्या जो गुप्ता जी बता रहे हैं वह सच है—पर उसे क्यों विश्वास नहीं हो रहा या विश्वास करना नहीं चाहती। सबको दुर्घटना की जानकारी थी, बस हमें ही पता नहीं था—और दुर्घटना की कल्पना हम अपने साथ करते भी तो नहीं।

पेट में हौल-सी पड़ी नीरा को और उसकी बन्द आँखों से आँसू बहने लगे। पास बैठी माँ की रखवाली करती उसका साया बनी वन्दना ने अपने कोमल हाथों से उसे हिलाते हुए कहा—

''माँ तुम फिर रोने लगीं?''

''मैं कहाँ रो रही हूँ! यहाँ हमारे पास तो सभी आ गये हैं। तेरे पापा तो वहाँ अकेले हैं—असलियत यहीं पता चल जाती तो घर से कोई साथ तो हो जाता उनके।''

''ममा भैया बच तो जाएगा न?'' वन्दना पूछ रही थी।

''भगवान से प्रार्थना कर बेटी'' और उन्होंने अपने होठ दबा, उमड़ते हुए

आँसुओं को आँखों में ही रोक लिया था।

मन ही मन प्रार्थना कर रही थी कि कुछ अघटनीय न घटा हो, कुछ करिश्मा ही हो जाय—पर उनकी यथार्थ बुद्धि कह रही थी—व्यास का ठंडा पानी—तेज प्रवाह पत्थरों के बीच गिरा क्या वह बचा होगा? उन्होंने अपनी सोच पर विराम लगाने की कोशिश की और अपने भीतर बैठे विभु को प्यार करना शुरू किया। जैसे नन्हें शिशु विभु को दुलारती थी—जैसे उसके कोमल गालों को सहलाती और पुचकारती थी—उसकी टाँगे मलती थी—राल टपकाते विभु के गिलगिले होठों को चूमती थी।

"माँ तुम्हारी टाँगों को दबाऊँ?" वन्दना पूछ रही थी।

उन्होंने देखा वे अपने हाथों से अपनी टाँगों को दबा रही थीं।

"मम्मी, मनाली से पापा का फोन।" उन्होंने कार्डलेस फोन अपने कानों से लगा लिया था।

"अभी कुछ पता नहीं चला—सर्च पार्टी सुबह छः बजे से निकली हुई है—जहाँ पत्थर पर से वह फिसला, सब वहाँ चलने के लिए कह रहे थे पर मैं वहाँ जाने की हिम्मत नहीं जुटा पा रहा हूँ।" और वह रोने लगे थे और इधर नीरा भी फफक पड़ी थी। उधर से आवाज़ आयी थी—

"अपना ध्यान रखना, वन्दी का भी।"

वह भी कह रही थी, "तुम भी अपना ध्यान रखना।"

चारों तरफ से सब जन उसका ही तो ध्यान रख रहे थे। जेठ-जेठानी, भाई-भाभी, उनके बेटे-बहुएँ, सभी तो आ गये थे, सब ने घर सँभाल लिया था। कोई कह रहा था—

"गर्मी का मौसम है, पानी में ग्लूकोज़ डाल थोड़ा-थोड़ा लेती रहो।"

"नींबू पानी ले लो हाजमा ठीक रहेगा, सब तुम्हीं से मिलने आ रहे हैं। सँभली होगी तो ही तो उनसे मिल पाओगी।"

और वह सँभली-सधी सब को बता रही थी बार-बार अपने ही प्राणों के पानी में विलय हो जाने की घटना और अपने मन में महसूस कर रही थी कि यह अखबारी घटना तो नहीं है—उसके निजी प्राणों का निकलना है—और वह सुबक उठती है—रोने लगती है—फिर एक कोमल हाथ उसकी पीठ को मलने लगता है—दो होठ उसके माथे को छूते हैं—दो मुट्ठियाँ उसकी पिंडलियों को दबाती हैं—और वह ठीक है का संकेत करते उठ खड़ी होती है—बाथरूम जाने के लिए वन्दी को जताने के लिए कि वह अभी साबुत है—पूरमपट्ट—वह घबराये नहीं।

दो दिन बीत चुके हैं—ट्रैक्यूलाइजर के असर में वह डेढ़ दो घंटे बेहोश पड़ी

रही है—सुध में आते ही वह फिर अवसाद में लौट आयी है—वन्दी पास ही में सोई हुई है—दिन भर के थके, घर के शेष लोग सो चुके हैं—पर उसके दुख का बाँध इस वक्त अनावृत रूप से निकलना चाह रहा है—बहना चाह रहा है पर उसकी ज़रा-सी भी आहट वन्दना को जगा देगी और वह होठ भींच आँखें बन्द कर अपने को कस लेती है—और नन्हा विभु उसकी गोद में आ बैठता है रॉकिंग घोड़ा ज़िद करके उसी समय लाया है—राजकुमार सा उस पर बैठ उसे डरा रहा है। माँ माँ मैं गिरा, 'गिरा' की आवाज़ पर वह सब काम छोड़ उसके पास भागते हुए पहुँचती है और विभु हँसने लगता है, उसे समझाता हुआ—

"इछ पर से न घुलसवार गिलता है न घोला—मेली डरपोक माँ!'—उसका बचपन से प्रिय वाक्य।

विभु उसकी आँखों में और छोटा हो जाता है—वह नया-नया चलना सीखा है—कभी परदा पकड़ कर कहता है—चाऽऽऽ, कभी दरवाजे के पीछे से झाँकता हुआ कहता है मँ...चाऽऽ, कभी ड्राइंग रूम के दीवान के नीचे से बाहर मुँह निकाल बोल उठता है, चाऽऽ, और अपने चपल बच्चे के पीछे पीछे खेल को जारी रखने के लिए पकड़ में आए हुए को भी छोड़ देती है—फिर उसे हँसाने के लिए ऊपर कर अपनी बाँहों में समेट लेती है—

पर इस बार तो पकड़ने के नाटक का भी मौका नहीं दिया उसने—हाथ की पकड़ में आने से पहले ही वह छूट गया है।

क्या लौट कर आएगा वह अपनी माँ के पास? रात भर वह अपने खेल-खिलवाड़ से उसे चौंकाता रहा—उससे भी दो हाथ लम्बा हुआ, उसका अभिभावक बना। उसे कभी नाटक दिखाने ले जा रहा है, कभी फिल्म, तो कभी रेस्तराँ में चाय पिलाने—सारी रात वह उसके पास रहा और अब खुली आँख वह देख रही है कि वह वहाँ नहीं है और चार बज रहे हैं और सन्नाटे का कड़वा अहसास फिर उसका दम घोंटने लगता है कि कहीं से मन में एक आवाज़ उठती है—

क्या पता सर्च पार्टी को अपनी टूटी-फूटी हालत में ही सही मिल जाय और वहीं से बोल उठे—"घबराती क्यों हो मेरी डरपोक माँ—गिरते हैं शै-सवार ही मैदान-ए-जंग में, मैं ठीक हो जाऊँगा—याद है न तुम्हें सौरभ, कार एक्सीडेंट में पूरी कुचली हुई हालत से भी ठीक हो गया था।"

और वह अपने आत्मबल को समेटती—शुभ की आकांक्षा करती—सोच में भी बदसगुनी न हो की सावधानी के साथ अपने आपको उठाती है। वन्दना को प्यार से उठा सोफे पर लेट जाने के लिए कहती है। उसे कमरा ठीक करना होगा—नया बैड—स्प्रैड बिछाती है। लोगों के आने से पहले उसे घर को और अपने आपको

ठीक करना है। नहाना-धोना है, किचन में देखना है कि घर में सबके लिए पूरा सामान है। नदी में गिरा वह और टाँगें उसकी बैठ गयी हैं—उठा ही नहीं जा रहा—धड़ में जान ही नहीं रही।

जान तो आ जाती उसमें अगर मनाली से प्राण फूँकती, आशा जगाती आवाज़ उस तक पहुँच जाती—नीरा विभु बच गया...विभु मिल गया।

पर उसकी इस क्षीण-सी आशा के विरुद्ध फोन आया था—

"सर्च पार्टी निकली तो हुई है पर उम्मीद जरा भी नहीं"—कह पति फूट पड़े थे और पति को ढाढस देते वह बोली थी—

"अपने को सँभालो अरविन्द, समझ लो उसने 'जल-समाधि' ले ली है। सोचो 'विकृत हालत' में अगर वह मिल भी जाय, तो क्या उसका वह चेहरा, वह शरीर हम देख पाएँगे—सह सकेंगे", कहते-कहते वह बिलख पड़ी और रोते-रोते ही बोली, "अरविन्द तुम लौट आओ—बस लौट आओ तुम—"

कैसी विडम्बना है वह रोये से मुँह से अपने आप से कह रही है—कैसा उत्सवी माहौल बन गया है घर में—चाय बन रही है—कोल्ड-ड्रिंक्स सर्व किए जा रहे हैं—नाटकीय चुप्पी में फुसफुसाहटों का अभिनय किया जा रहा है—हर व्यक्ति अपने-अपने जानने वालों को कहानी सुना रहा है—दुर्घटना की पूरी सीक्वेंस को मूर्त्त करते हुए और फिर उस पर पर्दा गिरा अपने अपने सुख-दुख के अनुभवों का आदान-प्रदान—जिसमें धीमी हँसियाँ भी शामिल हैं। वह सबके बीच पहुँचती है तो एकाएक सब चुप हो जाते हैं। वह अपनी निढालता और मानसिक थकान के लिए अपने कमरे में छिपने के लिए पहुँच जाती है। वन्दना उसके पीछे-पीछे है, हर जगह। वह वन्दी को गले लगा रोना चाहती है पर अपने पर रोक लगा लेती है। अपने कमरे में बैठी-लेटी भी उसके कान ड्राइंग रूम तक खिंच गये हैं—उनमें आवाज पहुँचती है—

बॉडी नहीं मिली—बॉडी नहीं मिली।

सुनते ही वह कानों में रूई ठूँस लेना चाहती है इसलिए नहीं कि उससे घटित, अघटित हो जाएगा—पर बस कुछ शब्द हैं जो वह विभु के साथ नहीं जोड़ सकती। उसके सामने तो वह विभु है जो चारों तरफ अपने उल्लास से वातावरण को हरियाता, अपने छोटे-छोटे खिलवाड़ों से अंकुरित, पुष्पित, हरसिंगार के फूलों सा सौन्दर्य, उल्लास और ताजगी बिखेरता रहा।

ड्राइंग-रूम में दुर्घटना के रहस्य रोमांच भरे नाटक का पाठ चल रहा है—

लड़के अकेले बाहर जा कर तरह-तरह की शरारतें करते हैं—इंटैंशन्ज़ खराब न भी हों तो किसी शरारत में किसी बच्चे ने पानी में धकेल दिया हो?

कोई कॉमन लड़की दोस्त तो नहीं थी इनकी? अक्सर लड़की के बीच में

होने से अनर्थ हो जाते हैं...

उसके कान खड़े हो जाते हैं। पलंग से उठकर दरवाजे के पास रखे मूढ़े पर बैठ जाती है—हाँ हो क्यों नहीं सकता? वे उसकी स्मार्टनेस, खूबसूरती, लीडरशिप, सभी से तो ईर्ष्या करते थे। व्यक्त रूप से तो दोस्ताना ही था, मौका पाकर उसे नुकसान पहुँचाने के उद्दाम भाव की पकड़ में—उसे पानी में धकेल दिया हो, यह सोचकर कि किनारे पर ही तो हैं तीन-तीन क्या एक लड़के को बाहर नहीं निकाल सकेंगे? इतना बड़ा छः फुट का जवान लड़का पानी में कैसे फिसल गया—किनारे का ही पानी उसे बहा कर ले गया—कौन बताएगा उसे? वे तीनों तो वास्तविकता जानते होंगे पर क्या वे बताएँगे उसे सच? या जो बता सकता था वह बता सकेगा?

बाल्कनी में चिड़ियों की चीं-चीं से वह चौंकी। कूलर के कोने पर बने घोंसले से निकल बच्चा बाल्कनी के दरवाजे के पास फुदक कर आ गया है। माँ चिड़िया ने चीं-चीं कर कई चिड़ियों को इकट्ठा कर लिया है—ये देख घबराई हुई सी आवाज़ में वह वन्दी को आवाज़ देती है। ''वन्दना! बाल्कनी का दरवाजा लॉक कर दो—कोई बाल्कनी में न जाय—नहीं तो ये चिड़ियाँ डर के मारे बच्चे को बचा नहीं पाएँगी।''

माँ की पगली बौखलाहट को देख वन्दना कहती है—

''घबराओ नहीं माँ, बच्चा बस अब उड़ने की कगार पर ही है।'' फिर एकाएक चुप हो जाती है। उसका मन देख रहा है—भैया भी तो बड़ा हो गया था—पूरी जुगाड़ के साथ उड़ान भरने को तैयार—बस आकाश में पंख ही नहीं फैला पाया। वन्दना ने देखा, चिड़िया के बच्चे में पूरी जान है पर पास वाले फ्लैट की बाल्कनी की मुँडेर पर ताक लगाये बिल्ली भी बैठी है—शायद चिड़िया इसीलिए चिचिया रही थी। माँ की आँख बिल्ली को न देख ले इसलिए वह अडोल हाथों से बाल्कनी का दरवाजा बन्द कर देती है।

गुप्ता जी अभी-अभी आये हैं और बता रहे हैं कि सभी लोग आज शाम या रात तक दिल्ली पहुँच जाएँगे—सुबह ही सब टैक्सी से दिल्ली के लिए निकल पड़े हैं। सब लोग शाम तक रात तक दिल्ली पहुँच रहे हैं, सुनते ही झूठी उम्मीद के तिनके का सहारा भी उसके हाथ से खिसक गया।

केवल एक शब्द है जो कान में गूँज रहा है—सभी-सभी-सभी! इस सभी में उसका विभु नहीं रहा—और उसकी आँखें बरसने लगती हैं—भीतर आती वन्दना को देख वह अपने आँसू गटकने लगती है।

वन्दना से कहती है, ''तुम्हारी नानी बचपन से हमें श्रीमद्भागवत से कहानियाँ सुनाया करती थी—यमुना किनारे ग्वाल-बालों के साथ कृष्ण गेंद खेल रहे हैं—खेलते खेलते गेंद यमुना में जा गिरती है—गेंद ढूँढ़ने के लिए कृष्ण यमुना में कूद

तो गये पर बाहर नहीं आये—यह सूचना मिलते ही माँ यशोदा बिलखते हुए यमुना किनारे पहुँची—छटपटाती हुई इस किनारे से उस किनारे और इस किनारे से उस किनारे तक भाग रही है—कृष्ण को आवाजें लगा रही है—पर नदी में कूद नहीं पड़ती और उसकी इस स्थिति में उसी को सम्बोधित करती एक आकाश-ध्वनि होती है—

"कृष्ण तो ईश्वर हैं—मृत्यु उनका स्पर्श नहीं कर सकती। पर यशोदा, माँ होने के नाते तुम अगर बच्चे को बचाने के लिए नदी में कूद पड़ती तो माँओं के जीते जी बच्चे अकाल काल कवलित न होते।"

नदी में कूदना तो दूर वह तो नदी किनारे भी नहीं पहुँच पायी—उस नदी के पास से तीन बच्चे लौट रहे हैं—क्या इन बच्चों में वह अपने विभु का निहार पाएगी—विभु ने जल-समाधि ली है। क्या वह अपने भीतर से इन बच्चों के प्रति मातृत्व की करुणा का कोई सोता—करुणा स्रोत जगा पाएगी? उसके भीतर तो कहीं विद्रोह कर रहा है—उन बच्चों को देख तो उसके भीतर हमेशा जागेगी—एक शंका, एक सन्देह, कि इन्होंने ही, इन्होंने ही सम्भवत: इन्होंने ही? उसके अपने भीतर एक मूक संवाद चल रहा है। शंका और करुणा की लड़ाई में तड़पती वह आँखें बन्द कर लेती है—आँखों से फिर आँसू टपकने लगते हैं—वन्दना उन्हें पोंछने के लिए अपने हाथ को पास ले जाती है पर गर्म ताप को महसूस कर रुक जाती है।

वन्दना सोच रही है कि वह माँ की इस समाधि को भंग करे या उसे इसी में डूबी रहने दे?

बेवड़ाई दोस्ती

वार्ड में उसकी तलाशती आँखों को मैंने देख लिया था—नाक में लगी पाइप, पेट में उठते दर्द के बावजूद मेरे चेहरे पर मुस्कान आ गयी थी। वह मुझे ही ढूँढ़ रहा था। मैंने माँ को बताया पर इससे पहले की माँ उठकर उसे 'बेड' के पास ले आती, उसने मेरे उठे हुए हाथ को देख लिया था। और अब वह हमारे पलंग की तरफ ही आ रहा था। माँ के चेहरे पर सान्त्वना की एक झलक तिर आयी थी। नहीं तो कल से सूखी आँखों में निरन्तर रो ही तो रही थी। उसके चेहरे पर घबराहट मुझसे कह रही थी कि मेरी हालत, मेरी व्यक्त तकलीफ से ज्यादा खराब थी। एपैंडिक्स फट जाने के कारण मुझे इमरजेंसी में भर्ती कर लिया गया था। डॉक्टर की शब्दावली में 'मास' बन गया है। ऐसी स्थिति में सर्जरी खतरे से खाली नहीं। पहले इस स्थिति पर नियन्त्रण पाने का प्रयास किया जाएगा—नाक में लगी पाइप, हाथ में आईवी ड्रिप और उसी के माध्यम से पहुँचाए जाते एंटीबॉयोटिक्स मुझे एक दयनीय चीज बनाए हुए थे। आज सोचता हूँ तो लगता है कि उस हालत में मर भी सकता था क्योंकि माँ अगले दिन बता रही थी कि डॉ. कौल सारी रात मेरे आस-पास ही मँडराते रहे थे। सुबह के करीब मुझे नींद आ गयी थी और माँ पेड अटेंडेट को मेरे पास बैठा कर थोड़ी देर के लिए घर गयी थी। बाद में उन्होंने मुझे बताया था कि घर पर वह भगवान के सामने खूब रोयी थी। लौट कर आयी तो सुबह डॉक्टर ने राउंड पर उन्हें बताया था कि मेरी स्थिति पूर्ण नियन्त्रण में है। पाइप यथावत् लगी हुई थी पर मैं खतरे से बाहर था।

ऐसे में अर्जुन का आना हम दोनों को बहुत ही सुखद लगा था। मैंने माँ से उसका परिचय करवाया था। पिछले पूरे हफ्ते मुझे कॉलेज में अनुपस्थित पाकर उसने घर फोन किया था। वहाँ भी कुछ जवाब न मिलने से उसने माँ के ऑफिस में फोन किया था। वहीं से उसे पता चला था कि मैं अस्पताल में भर्ती हूँ और वह कॉलेज से सीधा वहाँ ढूँढ़ता हुआ पहुँच गया था। उसने माँ से कहा था कि वे चाहे तो बाहर

जाकर थोड़ा आराम कर लें। वह मेरे पास बैठेगा। माँ ने उससे कहा था, "तुम तो सीधा कॉलेज से आ रहे हो, भूख लगी होगी।" और उसने अपने लिए लाये सैंडविच बैग में से निकाल लिये थे। बहुत दिनों तक माँ उसकी इस बात की तारीफ करती रही कि जिस वातावरण में बैठना तक मुश्किल होता है, वहाँ उसने बिल्कुल सहज भाव से खाना खा लिया था। शाम माँ ने जबरदस्ती उसे घर भेजा था। फिर जब तक हम अस्पताल में रहे, वह हर दिन वहाँ आता रहा।

उस समय हम दोनों बी.ए. सेकंड इयर के छात्र थे। वह बी.एस-सी. पास और मैं इंग्लिश ऑनर्स कर रहा था। हमारी भेंट कॉलेज के जिम में हुई थी। एकाध बार अचानक मिले। फिर समय निश्चित करके मिलना शुरू किया। अस्पताल के बाद तो हम मित्र हो गये थे। कुछ कॉमन सूत्र भी रहे ही होंगे, मसलन वर्कआउट का दोनों को ही शौक था। उसके गठे उभरे मसल्स तो मुँह से बोलते थे और उसका कहना था कि मेरा आकर्षक व्यक्तित्व लड़कियों को हमारी तरफ खींचता है। यह अर्जुन के लिए खास बात हो सकती थी, मेरा तो इस तरफ ध्यान ही नहीं गया था क्योंकि इंग्लिश ऑनर्स में लड़के बहुत कम थे। पूरी क्लास लड़कियों से ही भरी हुई थी। यह अलग बात है कि स्कूल से लेकर कॉलेज तक लड़कियाँ लगातार साथ रहीं इसलिए अन्य लड़कों की तरह मुझमें लड़कियों के प्रति वह हिंसक भूख नहीं थी, इसलिए लड़कियाँ मेरे साथ खुश और सुरक्षित महसूस करती थीं और मुझे घेरे रहती थीं। अर्जुन का तो यह स्वीकार करना था कि वह तो मेरे करीब आया ही इसलिए था कि उसे भी कोई लड़की नसीब हो जाएगी।

कॉलेज के दिनों में ही हमने इकट्ठे बीयर पीनी शुरू की थी। एक दिन बीयर के हिलोर में ही उसने बताया था कि उसके पिता का इश्क उसकी सगी मौसी से चल रहा है और कहते-कहते वह रो पड़ा था। मेरे पिता तो थे ही नहीं। यों माँ के ऊँचे सरकारी पद पर आसीन होने से घर की व्यवस्था समुचित थी। परिवार के फ्रेम में केवल माँ ही थीं इसलिए अर्जुन जिस असुरक्षा और तनाव में से गुजर रहा था, मैं उससे मुक्त था। इस अन्तरंग भागीदारी ने हमें एक-दूसरे के बहुत करीब ला दिया था। उसके पिता टैक्स के भुगतान के मामले में जब फँसे तो दुखी होने के बदले वह खुश ही हुआ था। फिर उसने एक दिन बताया था कि पिता उनका घर छोड़ कर चले गये हैं। मौसी से शादी भी कर लेंगे—हरामी मेरा बाप अपने को सही साबित करने के लिए जगह-जगह कह रहा है—तेरी माँ अंकल से फँसी हुई है, तू साला भी उसी की औलाद है... अंकल ने तो हर दुर्दिन में हमारा साथ दिया। हमारे लिए तो वे भगवान हैं। वे तो चाह ही रहे थे कि मैं भड़कूँ और उन्हें घर छोड़ने का बहाना मिल जाय। गालियों के साथ जब वह माँ को मारने के लिए बढ़े तो मैंने कहा कि ऐसे ही शोर मचाना है तो निकल जाओ इस घर से।

घर चलाने की सारी चिन्ता अब अर्जुन की माँ की थी। एक कमरा उसने

किराये पर चढ़ा दिया। माँ जैसे-तैसे घर चलाने लगी थी। अपना खर्च चलाने के लिए अर्जुन ने कुछ ट्यूशन ले ली थी। छुट्टियों में जॉब—जैसे इवेंट मैनेजमेंट और एग्जिविशन में नौकरी तो हम लोगों की मौज-मस्ती का साधन थे।

बी.एस-सी. पास करने के बाद अर्जुन ने कॉल-सेंटर में नौकरी कर ली थी और मैंने लॉ फैकल्टी में एडमिशन ले लिया था। रात की ड्यूटी होने पर अर्जुन मुझे भी अपने पास बहुत बार बुला लेता था। रात देर में लौटने पर माँ खीजती और बड़बड़ाती थी—"उसे (यानी अर्जुन को) तो किसी का डर नहीं। घर पर पूछने वाला ही कौन है! बेटे पर निर्भर बेपढ़ी माँ की औकात ही क्या है हमारे समाज में!" "तुम तो ऐसे ही घबराती हो माँ, तुम अपने समय से सो जाया करो, डुप्लीकेट चाबी होती तो है मेरे पास", कहते हुए मैं फ्रिज से पानी की बोतल निकालता और अपने कमरे में चला जाता।

लॉ फर्स्ट इयर और सेकंड इयर दोनों में ही मैंने अपने सेंटर में टॉप किया, इसलिए माँ शान्त थी। उनके कहने पर मैंने एक लॉ फर्म में काम करना भी शुरू कर दिया था इसलिए कई बार अर्जुन को मैं रात अपने साथ घर पर ले आता। आलमारी में छिपाकर रखी रम की बोतल से हम रात गुजारते। ऐसा नहीं है कि माँ को पता नहीं था कि हम पीते हैं, पर घर से बाहर देर रात तक रहने की अपेक्षा मैं घर पर उनके सामने हूँ यही उनके लिए तसल्ली की बात थी।

ये चार साल पहले की बातें हैं। यूँ आज भी अगर मेरी फर्म के मिस्टर मुखर्जी मेरी कार्यकुशलता की तारीफ माँ के सामने करें तो माँ बहुत खुश हो जाती है। हमें बच्चा समझने की अपनी इसी रौ में उन्होंने अर्जुन को उसकी गर्लफ्रैंड और अर्जुन के हिसाब से उसकी भावी पत्नी के सामने कह दिया था—"बेटा, तुम एम.बी.ए. करके अपनी क्वालिफिकेशन बढ़ा लो, फिर अणिमा के माँ-बाप को तुम्हारे साथ उसकी शादी करने में कोई ऐतराज नहीं होगा। अच्छे पैसे कमाने के साथ लड़की के माँ-बाप ऊँचा ओहदा भी चाहते हैं।"

उस वक्त तो वह 'जी आंटी जी' कह चुप लगा गया था, पर माँ के ये शब्द उसके सीने में कील की तरह गड़ गये थे। उसके बाद जब भी हम मिले वह कोई-न-कोई मौका निकाल अपने तरकस में से जहर बुझे तीर प्रत्यक्ष रूप से मुझ पर और अप्रत्यक्ष रूप से माँ पर चलाता रहा। कुछ वाक्य तो उसकी स्थायी अभिव्यक्ति बन गये थे—

"रईस माँ की औलाद, हम जो कुछ हैं अपने बलबूते बने हैं।"

"तू तो एडवोकेट ठहरा; मुझ जैसे कम पढ़े-लिखे के साथ तुझे रम पीनी क्यों अच्छी लगेगी।"

शराब के नशे में उसका फ्रसटेशन और ज्यादा मुखरित होकर निकलता। पर इस सबके बावजूद हमारा साथ बरकरार था, इसके पीछे बड़ा कारण था अणिमा से

उसकी शादी तय हो जाना। अपने उल्लास में वह अपनी शादी का निमन्त्रण खुद माँ को देने आया था। माँ भी बहुत खुश हुई थी। मुझ पर उसने बहुत अधिकार से विवाह से दो दिन पहले कुछ निकट मित्रों के लिए मेरे घर पर कॉकटेल का प्रबन्ध करने के लिए कहा था।

मैंने ऑफिस से चार दिन की छुट्टी ले ली थी। मुझे लगा था घर पर कॉकटेल सुविधाजनक नहीं होगी इसलिए मुखर्जी साहब से मैंने ऑफिस की छत पर प्रबन्ध करने की इजाजत ले ली थी। यही बताने के लिए मैं रात ऑफिस का काम निपटा अर्जुन के घर पर पहुँचा था। अर्जुन और उसका ट्रांसपोर्टर दोस्त विपुल पी रहे थे। मेरा स्वागत करने के बदले वह चिल्ला पड़ा था—"मिल गया तुझे टाइम, कल रात कॉकटेल है और उसके बारे में कुछ बात तक तूने की नहीं। माँ ने तुझे घर पर करने से मना करा होगा। घर पर तेरे पचास बार फोन किया होगा। जवाब बार-बार वही कि एडवोकेट साहब अभी ऑफिस में ही हैं और मोबाइल तूने ऑफ कर के रख दिया होगा..."

"मोबाइल में सिम कार्ड डलवाना है पर छुट्टी लेने से पहले ऑफिस का अपने हिस्से का सारा काम निपटाना था। फिर वहीं की टैरिस पर सारा देख-दाख कर योजना बना कर वहीं के अपने कुक को स्नैक्स का आर्डर देकर एक बार टेंडर और एक वेटर का इन्तजाम करके सीधा आ रहा हूँ। माँ बेचारी को तो अभी सूचित भी नहीं किया कि तेरे पास आ रहा हूँ।"

"मैं तो जानता ही था कि तू साला डरपोक माँ को कह नहीं पाएगा कि काकटेल घर पर करनी है। एक हफ्ते के लिए गाड़ी देनी तो और भी बड़ी बात है।"

"इस वक्त नशे में तू कुछ भी सुनने के मूड में नहीं है, जो तेरे मन में आता है गलत-सलत सोचने लगता है। कल सुबह जब तेरा नशा उतर जाएगा, मैं तभी बात करूँगा।"

"जा साले, कौन तेरे लिए बेताब हो रहा है! जा, माँ की गोद में छिप जा।"

"बस बहुत हो गया अर्जुन, माँ का नाम फिर मत लेना!"

"तू क्या कर लेगा मेरा, मैंने अपने बाप की नहीं सुनी तो तेरी और तेरी माँ की क्या सुनूँगा!"—कहते हुए वह बाहर मेरे पीछे-पीछे आ रहा था।

उसे नशे में लड़खड़ाते हुए देख मुझे लगा था कि शादी की चिन्ता की वजह से वह टेंस है इसलिए पूरी शान्ति से उसे समझाने के लिए मैंने उसको कूल करने के लिए जैसे ही उसके कन्धे पर हाथ रखा कि वह लड़खड़ा कर गेट के रैंप पर गिर पड़ा। रैंप पर कुछ कंकड़ पत्थर पड़े थे जिनसे उसके हाथों और घुटनों पर खरोंच पड़ गयी। गुस्से में उसने पत्थर उठा कर मेरी गाड़ी के शीशे पर मारा। "मुझे धक्का देकर गिराएगा तू?"—कहते हुए उसने विंडस्क्रीन पर पत्थर फेंके थे। फिर

भी उसे उठाते हुए मेरे 'सॉरी अर्जुन मैंने तुझे गिराना नहीं चाहा था' कहने के बावजूद वह मुझ पर बरस रहा था—

"गेट लॉस्ट यू रिच माँ की औलाद, मैंने अपने बाप को नहीं बख़्शा तो तुझे क्या बख्शूँगा..."

"एनफ इज एनफ" कहते हुए मैं उसे छोड़कर घर की तरफ आ रहा था। मेरी समझ में नहीं आ रहा था कि अर्जुन को आखिर हुआ क्या। सोते हुए सोचा कि भाड़ में जाय अर्जुन, मैं उसकी शादी में भी नहीं जाऊँगा, पर सुबह आँख खुलते ही लगा कि अपने दायित्व से मुझे नहीं मुँह मोड़ना चाहिए। उसकी कॉकटेल और शादी निपट जाय। बाद में जो सम्बन्ध होंगे वह बाद में देखूँगा। यह निर्णय करते ही मैंने अर्जुन का मोबाइल नम्बर मिलाया। उसके हैलो कहते ही मैंने कहा, "अर्जुन, अगर तू होश में आ गया है तो तू महसूस करेगा कि गलती मेरी नहीं थी, फिर भी मैं सॉरी कहते हुए कह रहा हूँ कि मेरे ऑफिस की टैरिस पर सारा इन्तजाम है।"

"नो-नो नो, डोंट कॉल मी ऐंड शो मी युअर फेस ऑनवर्ड्ज"—कहते हुए उसने फोन बन्द कर दिया था।

मैं भी अपने पर काबू पा नीचे माँ के पास आया और उससे कहा—

"ममा, तुम कह रही थीं न! मैं दिल्ली में बोर हो गयी हूँ, दिल्ली से बाहर जाना है तो बस अभी पैक कर लो। फिर मुझे छुट्टी नहीं मिलेगी। आधे-एक घंटे के अन्दर हम नीमराना, टिम्बर ट्रेल या जिम कॉर्बेट के लिए निकल लेंगे।"

"पर चौबीस की तो अर्जुन की शादी है। तुम तो कह रहे थे, आज शाम उसकी कॉकटेल पार्टी है।"

"वह नहीं हो रही।"

"रात क्या तुम अर्जुन के साथ थे?"

"हाँ। तुम्हारा तो ऑफिस से फोन आया था कि काम की वजह से तुम्हें लौटने में देर हो जाएगी। कल से छुट्टी पर होने की वजह से काम निबटा कर आना होगा।"

"पहले ऑफिस में ही था। बस ज्यादा सवाल मत पूछो, चलना है तो चलो वरना मैं अकेला ही चला जाऊँगा।"

"क्या अर्जुन से लड़ाई हो गयी है?"

"हाँ।"

शादी तो तुम्हें अटैंड करनी चाहिए।"

"चौबीस को आ जाएँगे, अभी मुझसे कुछ मत पूछो," कहते हुए दोनों हाथों से मैंने अपने सिर को पकड़ते हुए अपनी उठती हुई आवाज को नीचा कर लिया था।

"मुझे बताते..."

"माँ प्लीज..."

बारह बजे होंगे जब हम गाड़ी में बैठकर टिम्बर ट्रेल के लिए चल पड़े थे।

अभी दिल्ली बार्डर भी पार नहीं किया था कि अर्जुन का फोन आया था जिसको उसने यह कहकर बन्द कर दिया था कि मैं ड्राइव कर रहा हूँ और माँ को दिल्ली से बाहर ले जा रहा हूँ। इसके बावजूद अर्जुन के लिखित सन्देश मोबाइल पर आ रहे थे कि वह अपने व्यवहार के लिए बहुत शर्मिन्दा है, उसके उपस्थित हुए बिना वह शादी के मंडप में बैठेगा ही नहीं। इसे लफ्फाजी न समझना, यह मेरे अन्तर्मन की पुकार है।...मैंने मुस्करा कर मोबाइल बन्द कर दिया था।

टिम्बर ट्रेल पर पहुँचते-पहुँचते शाम हो गयी थी। मन कह रहा था कि अच्छा ही किया इस सुन्दर परिवेश में आ गये। अगली सुबह नाश्ते के बाद ट्राली से ऊपर पहुँचे तो हम चमत्कृत ही हो गये। पाँच मिनट में हम मैदान से पहाड़ के शिखर पर थे। अपने आप में पूर्व सुखद दुनिया। हमने रिसेप्शन पर कहकर अपना सामान ऊपर मँगवा लिया था। दो दिन कब बीत गये पता नहीं चला।

खुले आसमान की सुन्दर शाम के बाद सुबह ही सैर कर कमरे में वापस आयी माँ। मुझे उठे हुए और कॉफी पीते देख अवाक्-सी हो गयी थी। फिर प्रसन्न मुद्रा में बोली—

"अरे तू उठ गया! जरा कमरे से बाहर तो निकल कर देख कि पहाड़ का यह बसेरा तो दिव्यलोक बना हुआ है। कॉमप्लैक्स वालों के द्वारा सुबह साढ़े पाँच बजे से लगायी सितार की ध्वनि पहाड़ियों पर गूँज रही है। पेड़ों से उठती आकाश के बादलों से सुर मिला रही है। धुन्ध ने सारी पहाड़ी को घेर लिया है। परीलोक का एक चक्कर तो लगाकर आ, अगर बारिश हो गयी तो हम एक रात और यहीं रुक जाएँगे।"

"नहीं माँ, आज तो हमें लौटना होगा, इसीलिए तो उठ गया हूँ। आपने ही तो कहा था कि अर्जुन की शादी पर जाना जरूर चाहिए। नाश्ता लेकर हिसाब चुकाकर हम जल्दी से जल्दी निकल लें तो अच्छा है क्योंकि आप नहीं चाहेंगी कि मैं तेज गाड़ी चलाऊँ।"

कहते हुए मैं बाथरूम में चला आया था। यहाँ होते हुए भी मैं अर्जुन के पास पहुँचा हुआ था। शाम को बारात के निकलने से पहले उसके साथ वडीज ड्रिंक लेना होगा, शेष दोस्तों को पिलाने की जिम्मेदारी भी तो मेरी होगी। आज तो यार की शादी है, मुझे पीने से कौन रोक सकता है?

यहाँ आने से पहले जो उबाल मन में था वह नीचे बैठ चुका था। अब तो केवल अर्जुन के शब्द 'मैं शर्मिंदा हूँ शर्मिंदा हूँ, तेरे अलावा मेरा है ही कौन?' गूँज रहे थे। आँखों के सामने से पहाड़ गायब था। थी तो बस शाम।

कांकड़ा खोह

वहाँ ऐसा क्या था जिसकी वजह से उसकी आँखों के सामने छतरी लिये हुए नीलिमा सूद आ खड़ी हुई थीं। आसमान में बीच-बीच में बरसती नन्हीं-नन्हीं बूँदें....हिंडोला महल और जहाज महल के उन्मुक्त सौन्दर्य का मुखर परिवेश... या मौसम की मानसूनी अदा। कजरारे बादल छाये हुए थे पर घटा बरस नहीं रही थी। उमस भी नहीं थी। ऐसा मौसम बहुत आकर्षक होता है। लगभग तीस बरस पहले वह ट्यूटोरियल लाइब्रेरी के कॉरिडोर में खड़ी बाहर लॉन्ज़ में बरसती नन्ही-नन्ही बूँदों को देख रही थी। सोच रही थी कि बाहर निकले या नहीं कि उसने गेट से नीलिमा सूद को आते देखा था। आसमान की तरफ मुँह उठाए उन ओस के जैसी बूँदों से बचने या उन्हें चखने के लिए उन्होंने अपनी छतरी खोल ली थी, 'माई फेयर लेडी' फिल्म की नायिका की तरह। बादलों के उस माहौल में इंडियन पिंक पर नीले पोल्का डॉट्ज वाली साड़ी पहने, घटाओं को चुनौती देती वर्षा में रंग भरती सुन्दर कलाकृति-सी लग रही थीं वह। कॉलेज से रिटायर होकर विदेश में वह कहाँ चली गयीं उनमें से किसी को पता नहीं।

मांडू में वह एम.ए. के छात्रों और अपने कुछ साथियों के साथ आयी हैं। रेवा खंड में गाइड उन्हें रूपमती मंडप दिखा रहा था। बाजबहादुर के महल के भीतरी कक्ष से इको पॉइन्ट से पूरे मंच का ब्योरा देते हुए गाइड कह रहा था—"बाजबहादुर अपने समय का प्रसिद्ध गायक था। ध्रुपद की विख्यात गायिका रूपमती की मधुर आवाज सुनकर मन्त्रमुग्ध हो गया था। कलाकारों को सम्मान देने वाला बाजबहादुर रूपमती के पिता की अनुमति से उसे लेने मांडू आया था।" हम सबको कक्ष के विविध हिस्सों पर गाइड ने खड़ा कर दिया था। स्वयं मंच के पार्श्व में खड़ा हो कह रहा था, "कल्पना कीजिए गायन चल रहा है।" और फिर एकाएक रफी की आवाज में गाता वह मंच की तरफ बढ़ रहा था—"चाहूँगा तुझे साँझ सवेरे।" ...अन्तरा समाप्त होते ही कानों में पड़ता है—"जो वादा किया वो निभाना

पड़ेगा।'' महल के अवशेषों में वह आवाज जादू का सा असर करती है और कुछ देर की चुप्पी के बाद सभी तालियाँ बजाकर उसकी प्रशंसा करते हैं।

रूपमती मंडप में झरोखे के पास खड़ा करके वह हमें बता रहा है—''रूपमती को नर्मदा से असीम प्रेम था। सुबह नर्मदा दर्शन के बाद ही वह अन्न-जल ग्रहण करती थी। बाज बहादुर ने यहाँ यह झरोखा इस ऊँचाई पर बनवाया था ताकि रूपमती नित्य नर्मदा दर्शन कर सके। चन्देरीनरेश के संग रूपमती की शादी उसके पिता ने इसलिए तय नहीं की थी क्योंकि वहाँ से नर्मदा के दर्शन दुर्लभ थे।''

गाइड को बीच में टोकते हुए डॉ. शर्मा पूछ रहे थे—''रूपमती क्या बाजबहादुर के साथ महल में नहीं रहती थी?''

''नहीं जनाब! रूपमती को मांडू के कथित शाही महल में रखा गया। वे तो कला के दीवाने लोग थे। इलाही प्रेम था उनका। उनकी अनूठी दास्तान मांडू के खंडहरों में आज भी व्याप्त है। यहाँ की सुरम्य वादियों में संगीत के स्वरों का आनन्ददायी अनुभव आज भी हमें सजीव सा प्रतीत होता है।''

गाइड के भावुक स्वर की उपेक्षा-सी करते हुए डॉ. शर्मा युवकों की तरफ आँख दबाकर जैसे कुछ बहुत गूढ़ बात उन्हें बता रहे थे—'अरे भई, स्त्री और पुरुष का साहचर्य तो घी और आग का साहचर्य है। आँच का ताप तो बर्फ सरीखे घी को भी पिघलाकर रख देता है। उस पर ये तो ठहरे प्रेमी...।'

लड़के-लड़कियों ने एक दूसरे की तरफ देख, हँसते हुए गाइड और डॉ. शर्मा को घेर लिया था। इससे पहले कि राग का कोमल फूल ऐन्द्रियता के पंक में गिरे, कला की उदात्तता काल-कवलित हो और लड़के-लड़कियों में व्यर्थ की बहस शुरू जो जाय उसने गाइड का ध्यान हमारी तरफ आकर्षित करते हुए कहा, ''हमें आज ही उज्जैन लौट जाना है, इसलिए यहाँ का सब कुछ जल्दी से देख लें...हमें उस जगह ले चलिए जहाँ महलों की सुरक्षा के लिए दूर-दूर तक पहरेदारों के साथ संवाद 'ध्वनिसंकेतों' द्वारा ही कर लिए जाते थे।''

रेवा खंड के विविध बिन्दुओं को दिखाते गाइड के साथ-साथ वह चल रही थी, पर उसके मस्तिष्क में केवल एक ही वाक्य गूँज रहा था—'स्त्री-पुरुष का साहचर्य तो आग और घी का साहचर्य है।' ... तो क्या स्त्री-पुरुष मैत्री का अशरीरी धरातल पर होना सम्भव नहीं? इस द्वन्द्व में घिरी वह सबके साथ हिंडोला महल पहुँच गयी थी, पर उसका मन डॉ. शर्मा के समान किसी निर्णय पर पहुँचने के लिए तैयार नहीं था। वहाँ के खुले वातावरण में अपने भीतर से बाहर तो आ गयी थी पर मन के अधूरे प्रश्न ने नीलिमा सूद को सामने ला खड़ा किया था।

नया-नया महिला कॉलेज खुला था। अपने ही विश्वविद्यालय के उसी वर्ष पास किये दस जन ही तो हम थे, नीलिमा जी जरूर कुछ अनुभव लिए हुए थीं।

आयु में हम सबसे बड़ी थीं। एक मिसेज कुमार थीं जो अंग्रेजी विभाग में आयी थीं पर उनका अपनी क्लास को पढ़ाने के इतर किसी से कुछ लेना-देना नहीं था। हम लोग मंच पर पहुँच गये थे पर मानसिकता में अभी भी विद्यार्थी ही थे। इसलिए काउंसिल मीटिंग में ठोस सुझाव केवल नीलिमा जी की ही तरफ से आते थे। किसी विषय पर बहस होने पर विश्वस्त ढंग से हिस्सा लेने वाली भी नीलिमा जी ही होती थीं। फिर पता नहीं उनके बढ़ते महत्त्व को पचा न पाने के कारण सम्भवतः किसी ने नेपथ्य से यह प्रसारित कर दिया था कि नीलिमा सूद तो प्रोफेसर मुनीश की 'कीप' हैं। उन्हीं की वजह से तो यहाँ उनकी नियुक्ति हुई है। उसके मन में प्रश्न उठा था कि मूल योग्यता के बिना क्या कोई किसी को नियुक्त करवा सकता है? फिर उनका समृद्ध व्यक्तित्व, हर किस्म की बातचीत में उनकी भागीदारी, उनकी क्रियाशीलता को किसी संस्तुति की जरूरत नहीं थी। यूँ तो शिक्षक वर्ग में बहुत बड़ा कोई भी नहीं था, पर उनकी दोस्ती हम लोगों से ज्यादा हो गयी थी। शायद जवान पीढ़ी बहुत बातें नहीं बनाती या उसे फुरसत ही नहीं होती या उसे लगता है कि किसी के निजी मामले में हस्तक्षेप करने वाले वे कौन होते हैं?

"मैडम वह देखिए, हिंडोला महल की पिछली दीवार थोड़ी झुकी हुई है जो इसके आगे के हिस्से का भार वहन करने में सहायक मानी जाती है। भवन के ऊपरी भाग को कम चौड़ाई और सतह वाले भाग को अधिक चौड़ाई प्रदान की गयी है, जिससे हिंडोला यानि झूले की आकृति का बिम्ब बनता है और ऊपर छत नहीं है...खुला आसमान है...।"

वह वहाँ के स्थापत्य और उन्मुक्त प्राकृतिक परिवेश की तारीफ किये बिना नहीं रह सकी थी। इस उन्मुक्त परिवेश में पनपने वाला प्रेम भी मुक्त करने वाला आत्मिक और उदात्त ही रहा होगा, बाँधने और जकड़ने वाला नहीं।

नीलिमा जी जब हमारे कॉलेज में आयीं, वे तीन छोटे बच्चों की माँ थीं। उनका विवाह छोटी उम्र में ही हो गया था। फिर 'हिन्द-पाक विभाजन' हो गया। पति सुदर्शन पुरुष थे पर गैरजिम्मेदार। तीन बच्चों के बाप होकर भी घर के दायित्व से मुख मोड़, घर क्या शहर से ही गायब हो जाते थे। ससुर के पास कितना भी धन हो, आमदनी के बिना तो कुएँ भी खाली हो जाते हैं। ऐसे में नीलिमाजी ने अपनी छोड़ी हुई पढ़ाई पूरी की और नौकरी प्राप्त की। वैवाहिक जीवन और बच्चों के साथ संघर्ष उनके जीवट और प्रतिभा को ही सूचित करता था। प्रोफेसर मुनीश ने उनकी प्रतिभा को पहचान लिया था। निश्चित रूप से प्रोफेसर साहब ने उनकी सहायता की थी। नीलिमाजी उनका सम्मान करती थीं। समान दृष्टि स्तर ने दोनों को मित्र बना दिया था। प्रोफेसर साहब के सम्पर्क में नीलिमा जी की प्रतिभा तो

निखर ही रही थी, उन्हें अपना जीवन भी सार्थक लगने लगा था। पति का व्यक्तित्व निरन्तर बौना होता जा रहा था। कैसी विडम्बना है स्त्री जीवन की...कि उसके अभाव काल में समाज उसके प्रति संवेदनशील नहीं होता, पर समृद्धि काल में उसके चरित्र को लक्ष्य बना कर उसे दंडित करने के लिए जरूर आ खड़ा होता है। जहर बुझी ध्वनियों को अनसुना करने की बेपरवाह अदा नीलिमा जी ने भले ही ओढ़ ली हो पर भीतरी मन उनसे अवसादग्रस्त तो हो ही जाता था। यह भाग्य का व्यंग्य ही तो है कि विवाह के अधिकार से पति भले ही आक्रामक और बलात्कारी हो जाय, वह स्वामी ही बना रहता है और स्त्री की जिन्दगी को अर्थ देना वाला मित्र बिना किसी को भी नुकसान पहुँचाए खलनायक बना दिया जाता है।

सब लोग जहाज महल की छत पर गये हैं और वह सीढ़ियों पर बैठी रूपमती बाजबहादुर के प्रणय-प्रसंग की पुस्तिका पढ़ रही है।

मनखाँ नाम के गायक ने अपने गायन में रूपमती के रूप का, गायन का वर्णन अकबर के सामने किया, जिसको सुनकर अकबर ने रूपमती को बुलाने का बाजबहादुर के पास प्रस्ताव भेजा। बाजबहादुर ने प्रस्ताव को अस्वीकार कर दिया जिसके फलस्वरूप उसे आदम खाँ के नेतृत्व में अकबर की सेना का सामना करना पड़ा। उसकी सेना सामना करने में असमर्थ रही। बाजबहादुर अकेला मैदान से भाग खड़ा हुआ। आदम खाँ से मिलने के पूर्व बाजबहादुर से वियोग की सूचना पाकर रूपमती ने अपना पूर्ण श्रृंगार कर विषपान किया और उसकी ज्योति की अन्तिम किरण भी शान्त हो गयी! हिन्दू होने पर भी उसका अग्निसंस्कार न करते हुए उसे सारंगपुर में दफनाया गया, जहाँ बाद में बाजबहादुर ने उसी की कब्र पर अपनी अन्तिम साँस ली।

अन्तिम साँस...पढ़ते हुए वह नीलिमा जी के बैठकखाने में पहुँच गयी। अक्सर शाम को नीलिमा जी की बैठक में बौद्धिकों का जमावड़ा होता था। प्रोफेसर मुनीश उन बैठकों के अविभाज्य अंग थे। धीरे-धीरे वे सब भी उनसे खुल गयी थीं। इतिहास की वीथियों में घूमते इतिहासवेत्ताओं की पकड़ में न आये काल के अन्तरालों को अपनी कल्पना के कलात्मक अन्दाज में जोड़ते मुनीश स्त्री-पुरुष सम्बन्धों की सूक्ष्म जटिलताओं को सामने लाते जिसे सुनकर हमारा साहित्यिक मानस तृप्त हो उठता। महीने में अगर एक बार नहीं मिल लेते थे तो लगता था कुछ कमी रह गयी है। देर हो जाने पर बहुत बार प्रोफेसर मुनीश ने ही उसे उसके घर छोड़ा था। अक्सर ऐसे में भाई और उसकी लड़ाई हो जाती थी। भाई को चिढ़ लगती थी कि इतनी रात में कोई पुरुष उसे छोड़ने क्यों आता है? उसका कहना था स्त्री-पुरुष की मैत्री में पुरुषों को सेक्स की बू ही क्यों आती है?

''मैडम, आप गुमसुम-सी यहाँ सीढ़ियों पर क्यों बैठी हुई हैं। आइए,

आपको उस समय का ओपन एयर थियेटर दिखाएँ।"

वह अपने में खोई हुई गाइड के पीछे-पीछे चल दी थी और तथाकथित थियेटर की घास पर एक तरफ बैठ गयी थी। उस समय नीलिमा जी के घर पर भी तो एक त्रासद नाटक हुआ था, जब शाम को वह निश्चित समय पर नीलिमा जी के घर पहुँचीं तो प्रो. मुनीश वहाँ पहले से उपस्थित थे। नीलिमा जी वहाँ नहीं थीं। प्रोफेसर मुनीश से पता चला, उनके पति आये हुए हैं। इसलिए वह कभी यहाँ और कभी भीतर जा रही हैं। वह चुप-सी हो गयी थी पर प्रोफेसर मुनीश अपने स्वभाव के विरुद्ध हल्के मूड में उससे पूछ रहे थे—

"सुना है तुम विवाह नहीं करना चाहतीं। घर का कोई दायित्व है तुम्हारे ऊपर या अन्य कोई कारण?"

"नहीं ऐसे ही।...वैसे भी विवाह केवल 'एनिमल इंस्टिंक्ट' की पूर्ति का माध्यम बने यह तो मैं कभी नहीं चाहूँगी। विवाह मेरे जीवन में सौभाग्य बनकर आये..स्त्री-पुरुष के वागर्थ संयोग की भाँति, रस्साकशी का खेल नहीं।"

"इस उम्र में इतना समझदार होना अच्छा नहीं" हँसते हुए वे कह रहे थे, "लो मेरा हाथ पकड़ो...देखो तुम्हें कुछ-कुछ होता है या नहीं।"

प्रोफेसर मुनीश तो चुहल कर ही रहे थे, वह भी उनके स्वर में स्वर मिलाते हुए बोली, "प्रोफेसर साहब, आपके हाथ पकड़ने से मुझे कुछ नहीं होगा...आपका स्पर्श तो नीलिमा..."

वह वाक्य पूरा भी नहीं कर पायी थी कि बेडरूम से नीलिमा जी के पति की पैर पटकती तेज आवाज ने उन्हें सन्न कर दिया। "नहीं आऊँगा बाहर...जब बाहर तुम्हारा स्यापा खत्म हो जाय बुला लेना, तुम्हारी चिता में आग दे दूँगा।"

नीलिमा जी अपने चेहरे पर कोई मुखौटा लगाकर बाहर आएँ इससे पहले ही प्रोफेसर मुनीश ने मुझे चलने का इशारा किया। वे नीलिमा जी के प्रखर विश्वस्त व्यक्तित्व में दैन्य और विवशता को देखना नहीं चाहते थे।

"अच्छा सर, अच्छा मैडम...अब आपसे विदा लेता हूँ। फिर कभी यहाँ आना हो, यह मेरा कार्ड रख लीजिए। हाँ, वापिस लौटते हुए मांडू की सीमा पर कांकड़ा खोह जरूर देख लीजिएगा। नमस्कार।"

मांडू से निकलते हुए चार बज गये थे। गाड़ी में सबके बैठ जाने पर छात्रों को सम्बोधित करते हुए डॉ. शर्मा कह रहे थे, "देखिए, रास्ते में रुकने के लिए कोई नहीं कहेगा पहले ही...।"

"सॉरी डॉ. शर्मा...दस मिनट के लिए ही सही, कांकड़ा खोह पर गाड़ी जरूर रुकवा दीजिएगा," वह बोली थी।

कल के लिए कार्यक्रम बनाते सब अभी बस में पूरी तरह से व्यवस्थित भी

नहीं हुए थे कि ड्राइवर ने कांकड़ खोह पर गाड़ी खड़ी कर दी।

बिना किसी को कुछ कहे या पूछे, वह सबसे पहले गाड़ी से नीचे उतर गयी थी। पहाड़ी तट पर लगी रेलिंग और छोटे-छोटे सेतुओं द्वारा जोड़े टीलों वाली यह खोह बहुत ही आकर्षक लग रही थी। सामने वाली रेलिंग से उसने नीचे झाँका, जहाँ तक नजर जा रही थी लम्बी, गहरी खाई। सामने बोर्ड पर नजर गयी—700-800 फीट गहरी।...बच्चे कोल्ड ड्रिंक और चाय पीने में मगन हो गये थे। वहीं बैठा एक बूढ़ा उससे कह रहा था, ''ऐसे क्या झाँक रही है। गाइड ले ले। दस रुपये दे देना।''

''नहीं-नहीं, गाइड की कोई जरूरत नहीं...सब कुछ तो देख सुन आये। यूँ भी जल्दी में हैं हम।''

''जल्दी में है तो देख ले गड्ढा। दस रुपये दे तो दिखेगा जीवन।''

उनके कहने के अन्दाज पर वह हँस दी थी, ''अच्छा यह लो दस रुपये और दिखाओ जीवन।''

''यह प्राकृतिक स्थल रैदास कुंड के नाम से भी जाना जाता है। 800 फीट इस गहरी खाई में बरखा में तो सुन्दरता ही यहाँ घर बसा लेती है।''

गहरी खाई के नीचे इठलाती पतली धारा चट्टानों पर उग आयी हरियाली और झरनों का कलरव उसकी आँखों में अनूठे सौन्दर्य को भर रहे थे, साथ ही गाइड का अनूठा वक्तव्य।

''खाई की चौड़ाई पर पतली डोरी पर रूपमती नदी की तरह आर-पार जाया करती थी।''

''दर्शनीय...अद्‌भुत!'' उसके मुँह से निकल गया और सोचने लगी, 'किनारे खड़े होकर तो गहरे गड्ढे में भी प्रकृति की कला का अप्रतिम नैसर्गिक सौन्दर्य दिखाई देता है पर चौड़ाई में बँधी रस्सी पर चलना शुरू कर दो तो क्या दिखता होगा?' वह नीलिमा जी से पूछना चाहती है।

''दीदी जी चलिए, सब गाड़ी में बैठ गये हैं...बस आप ही खोह में खोयी हुई हैं।''

वह ड्राइवर की तरफ देख रही थी। क्या कहा है उसने?

किले के विभक्त खंडों की परछाइयाँ

यह तो नहीं कहूँगी कि वय:सन्धि का समय लौट आया, पर हाँ उस समय जैसे सहेलियों के साथ बैठना ही अच्छा लगता था—हर वक्त सहेलियों के जमघट में बैठने से माँ गुस्सा हो जाती थीं, 'सारा-सारा दिन ऐसी मस्ती अच्छी नहीं' माँ खीझती थीं। अब भी वैसे ही मस्त होने को मन चाहता है—चार दीवारी घर के बन्धन—पति और बच्चों की माँगों से मुक्त कहीं खुले में लम्बी उड़ान भरें। एक लम्बा दौर रहा जब पति के साथ का आकर्षण था—फिर परिवार के सुख दु:ख की गुंजलकों में उलझते रहे और अब हालत यह है कि कटहल फल के पकने पर उसकी बादाम-सी गुठली मुँह में आने से पहले ही उसका प्लास्टिक का सा छिलका मुँह में अटकने लगता है—मौसमी के रस से पहले ही उसके रेशे दाँतों में फँसने लगते हैं। ऐसे में कन्धों पर से जुए को उतारने का मन होता है—परिवार से मुक्त अकेली सहेलियों में अपने को मिलने-बाँटने की हिलोर उठती है।

ऐसे मौके भले ही कम आते हों पर हम चार दोस्तों में 'रेणुका' जब लन्दन से दिल्ली आती है तो ऐसा सुयोग बन जाता है—रेणुका के और मेरे माँ-बाप दोनों ही नहीं रहे कि मायके में चारों इकट्ठा हो लें—'जया' की माँ अभी है—बिन्नी के पिता को उसका भाई अमेरिका ले गया है। बिन्नी के पिता जब आते हैं तो उसकी इच्छा होती है हम उसके घर उनसे मिलने जाएँ—पर रेणुका के दिल्ली आने का मतलब ही कुछ और होता है—उसका आना मतलब हम चारों का दिल्ली से बाहर निकलना—भले ही वह निकलना एक दो दिन के लिए ही क्यों न हो। बाहर जाना न हो सके तो दिल्ली में ही नाटकों, फिल्मों, रेस्तराँओं में जाने का दौर चलता है। यूँ ऐसा नहीं कि रेणुका के अभाव में हम तीनों मिलते नहीं पर हम तीनों का मिलना अपनी-अपनी गृहस्थी और काम-काज के चलते शादी-ब्याह, जन्मदिन जैसे अवसरों पर ही होता है—उन औपचारिक मुलाकातों में अपनी-अपनी किलेबन्दियों में बाहरी कंगूरे भले ही देख लें अन्तरंगता के लिए अवकाश ही कहाँ मिल पाता

है, फिर दिल्ली में रहते हुए यह खामख्याली कि जब मिलना चाहेंगे मिल लेंगे के भरोसे महीने-महीने निकल जाते हैं—कभी एक-दूसरे को आवाज़ लगा ली कि कुछ खरीदना है 'वहाँ आ जाना' और ज्यादा से ज्यादा रेस्तराँ-कॉफी हाउस में कॉफी पी ली, डोसा खा लिया या कभी लोदी गार्डन जैसी जगह पर घूम लिये। एक बार मैंने और बिन्नी ने यह तय किया था कि शनिवार की सुबह सैर करने के लिए आया करेंगे पर रोज की दिनचर्या में ऐसा हो नहीं पाता। बहरहाल तीनों को इन्तजार रहता है 'रेणुका' के दिल्ली आने का। वैसे भी न जाने ऐसा कौन-सा कैमिकल सम्मिश्रण है जो चारों की उपस्थिति से ही बनता है—दो या तीन की उपस्थिति में 'वह बात' बन ही नहीं पाती। यूँ बिन्नी मुझसे हर तरह की बात कर लेती है। जया के साथ अकेले मुझे उसके मुँहफट जवाबों और सुझावों से डर लगता है पर उसकी बेलौस उपस्थिति बिन्नी और मेरी उपस्थिति में रंग भर देती है। बहुत बार मैं और बिन्नी उससे मुक्त होने के लिए मिलते हैं। पर हैरानी तो इस बात की है कि अपनी अनुपस्थिति में भी सारी बैठक में वही तो उपस्थित होती है।

इस बार भी रेणुका के आने पर दिल्ली से बाहर जाने का कार्यक्रम बन गया था। रिजोर्ट तय हुआ था वह किला जो अब 'स्टार होटल' के तौर पर इस्तेमाल किया जाता है। किराये पर गाड़ी जया ले आयी थी और दिसम्बर की कोहरे भरी सुबह के रोमानी परिवेश में जब रास्ते के कूड़े के ढेर भी धुन्ध में लिपटे खूबसूरत कुंज का धोखा देते हैं और लैम्पपोस्ट तक प्रतीक्षा करते प्रेमी, ठंड से बचने के लिए कपड़ों से लदी-फदी, कोहरे में लिपटी हम अधेड़ाएँ युवतियाँ बनी खिलखिलाती अपने स्वप्न-लोक में चल दी थीं।

"मैं खूब सारे बढ़िया फल लायी हूँ" जया कह रही थी।

"मैं ब्रैड, मक्खन, जैम, चीज़, मिठाई का डिब्बा लायी हूँ, ताकि वहाँ दो पैसे की चीज़ के पचास न देने पड़ें," बिन्नी बोली।

"मैं तो कुछ भी नहीं लायी—कुछ टी बैग्ज़ जरूर बैग में पड़े हुए हैं—यूँ अगर चाय ऑन बोर्ड हुई तो उनकी जरूरत भी नहीं पड़ेगी—वैसे भी हर वक्त खाना-खाना के इतर भी तो कुछ बात होनी चाहिए।"

मेरे ऐसे कहते ही जया चिढ़ गयी थी, "तुझे ही सबसे ज्यादा खास तरह की चाय की जरूरत होती है। एक काम तुझे सौंपा था वह भी..."

उसके वाक्य को पूरा करने से पहले ही मैं बोल पड़ी थी, "नाराज क्यों होती हो जया रानी, कभी तो हम लोगों को जरूरत की दुनिया से बाहर निकलना चाहिए। देखो बाहर कैसा रोमानी संसार बना हुआ है—फिर मेरा मतलब है कि हम महिलाओं को अपने पर कंजूसी छोड़ कभी तो खुला खर्च करना चाहिए, खुद कमाती हैं। दो ही दिन तो रहना है और फिर वह 'डॉलर डॉटर' भी तो है न हमारे

साथ! कह रही थी इस बार उसके शोज से उसे बहुत कमाई हुई है...''

''अच्छा-अच्छा अब अपना भाषण बन्द कर, जया बाहर रास्ते देखो रेणुका के भाई के घर वाला मोड़ न छूट जाय-रास्तों की जानकारी तो तुम्हें ही है,'' कह कर बिन्नी ने बात बदल-स्थिति को सँभाल लिया था। वैसे भी रेणुका के भाई के घर के पास हम पहुँच ही गये थे—नौ बज रहे थे पर कोहरा हटने का नाम नहीं ले रहा था। पर जया को अँधेरे में भी दिखाई दे जाता है। वह ड्राइवर से कह रही थी।

''देखो ड्राइवर, पार्क के पास वाला बायाँ मोड़ ले लो फिर दाएँ फिर बाएँ और फिर दाएँ मोड़ के कोने पर ही रोक दो।''

रेणुका के भाई के घर पर पहुँच चाय तो पी ही गजक, मूँगफली और दूध का पैकेट भी ले लिया—ड्राइवर को भी चाय पिला दी गयी थी—बाहर निकलने से पहले जया का हुक्म हुआ था—

''जिसे सू-सू। बू-सू करना है कर लो अब रास्ते में कहीं रुकना नहीं है।''

बारह बजने वाले थे जब किले के पास पहुँचे-अचम्भा हुआ कि गाँव की सँकरी गलियों में से निकलता हुआ ड्राइवर किले के ऊँचे मुख्य द्वार पर गाड़ी ले आया।

दरवाजे पर टिकिट पूछने पर हमने ट्रैवल एजेंसी का बुकिंग वाउचर पकड़ा दिया था 'ओह' अब सलाम बजाते हुए राजस्थानी धज वाले दरबान ने दरवाजे की खिड़की से हमें भीतर करते हुए कहा ''गाड़ी तो बाहर ही पार्क होगी—रिसेप्शन पर बोल दीजिएगा सामान आपका, कमरे में पहुँचा दिया जाएगा।''

मोटे-मोटे ऊँचे नीचे पत्थरों का बेतराशा रैम्प शायद उसके ऐतिहासिक महत्त्व को बनाए रखने के लिए ही समतल नहीं किया गया था। यूँ साइड पर और बीच-बीच में टिकाऊ पट्टी भी थी ताकि चलने पर मुश्किल होने पर वहाँ से आराम से आगे बढ़ा जा सके। (यूँ किले में रहने वाली राजसी महिलाओं को तो डोलियों में ही उनके कमरों तक पहुँचाया जाता होगा) बहरहाल हम बेचारे बीच-बीच में उग आये घास के टुकड़ों और पक्की पट्टी पर पाँव जमाते आगे बढ़ रहे थे कि दायीं तरफ ऊँचाई पर लॉन दिखाई पड़ा—बोगन बेलिया की लतर ने हमें आश्वस्त तो किया पर रिसेप्शन का 'एरो' हमें और आगे बढ़ने का संकेत दे रहा था—आगे गुफा नुमा रास्ता था और मोड़ पर पत्थर की आदम कद प्रतिमाएँ और सामने भीतर की तरफ झूला नजर आ रहा था। पर रिसेप्शन अभी भी नदारद था। सब थक से रहे थे इसलिए वहाँ के कर्मचारियों से दिखने वाले लड़के से पूछा 'रिसेप्शन कहाँ है भाई' 'बस थोड़ा-सा और ऊपर-बाएँ हाथ दिख जाएगा' उसने कहा।

आखिर रिसेप्शन पर पहुँच ही गये थे—दफ्तर के बाहर खुली छत पर मूढ़े

वाली कुर्सियाँ और मेजें लगी हुई थीं और दूसरी तरफ थोड़ी ऊँची छत पर लोहे की कुर्सियाँ और मेजें—

''यहाँ से तो हमारा 'सिलीसर वाला' लेक पैलेस विज़िट ज्यादा अच्छा नहीं था?—कमरे के साढ़े सात सौ रुपये—खिड़की और छत से नजर आती लेक-यहाँ तो एक कमरे के ही बत्तीस सौ रुपये हैं—टैक्स अलग—'' बिन्नी मन्दी आवाज में कह रही थी।

''सारी शिकायतें यहीं पर कर लोगी—पहले कमरे में तो पहुँच लो'' मैंने उसके कन्धे पर हाथ रखते हुए कहा।

''यह रहा आपका कमरा 'राधा' और दूसरा 'जलज' दूसरी तरफ है''—बैल्ल ब्वाय बता रहा था।

''नहीं भाई हमें तो दोनों कमरे एक साथ ही चाहिए'' हम एक साथ बोले थे।

''मैं रिसेप्शन पर चलूँ तुम्हारे साथ'' मैंने उससे कहा।

''नहीं आप रुकिए, यहीं, मैं पूछ कर आता हूँ'' और कुछ देर बाद वह 'राधा' से ऊपर वाले कमरे में तुलसी की चाभियाँ ले आया था। दो वेटर्ज हमारा सामान भी रख गये थे।

कमरे को देख सबको बिन्नी की बात गलत नहीं लग रही थी—पैसों के हिसाब से कमरों का रख रखाव बिल्कुल सामान्य सा था—यूँ सुविधा की सारी चीजें मौजूद थीं—एकाएक सब चुप से हो गये थे क्योंकि मूल्य के हिसाब से उपलब्धि कम-सी लग रही थी।

मैं वॉशरूम में गयी-टॉयलेट सीट के सामने छोटा गोल झरोखा—उसमें से नज़र आती पर्वत-शृंखला हरा-भरा घना जंगल और आकाश।

बाहर निकल मैं उल्लसित आलोकित स्वर में बोली थी—''अरे सू-सू करके आओ और देखो कितना सुन्दर लग रहा है पूरा परिवेश।''

अभी तक सब लॉबी में ही खड़े थे—जिसके एक कोने में राइटिंग टेबल-बीच में पलंग नुमाँ दीवान और दूसरे कोने में छोटा-सा सोफा—सामने दो सीढ़ियाँ चढ़कर शयन कक्ष और बाएँ तरफ के दरवाजे के पास राजपूती वास्तु में गोल बाल्कनी जालीदार ओट वाली—

''ओह सब इतना सुन्दर तो है आर्टी-आर्टी और रोमानी,'' मैं चहकी थी।

''इसे तो अब सुन्दरता दिखनी शुरू हो गयी'' बिन्नी बोली थी।

''वाशरूम का झरोखा तो वाकई सुन्दरता को देखने वाली आँख-सा ही बना हुआ है,'' रेणुका ने मेरा समर्थन किया—सब को धीरे-धीरे वह स्थान अपने आकर्षण में बाँध रहा था—बनावटी खूबसूरती के आतंक से रहित आत्मीय सौन्दर्य

की सृष्टि करता–हर कोना अपने में सहज सौन्दर्य को छिपाये चुपचाप झाँकता हुआ सा–जिस पर नजर जाती तो लगता, अरे इधर से तो देखा ही नहीं।

"देखो फ्रैश हो लो–फिर कुछ खा–पी लेते हैं और फिर देखते हैं यहाँ के किले को"—

"मैडम आप खाना खाएँगी?" वेटर पूछ रहा था।

"नहीं" जया ने हमसे पूछे बिना ही कहा—

"और हाँ, शाम की चाय कितने बजे शुरू होती है?"

"चार से छ:" उसने जवाब दिया।

"ठीक है" वेटर के मुँह मोड़ते ही वह कह रही थी, "चाय तो ऑनबोर्ड है—अभी पाँच सौ—पाँच सौ बफे पर खर्च करें हमारा दिमाग खराब है—साथ जो समान ढोकर लाये हैं इसे खा लो और उसने फल काटना शुरू कर दिया और बिन्नी से कहा कि वह ब्रेड पर मक्खन और चीज़ लगा दे।

बाहर सर्दी की खिली धूप-दीवारों पर लतरों की छाई हरियाली और उन पर खिलखिलाते फूल—मुक्त आकाश और हमारा मुक्त मन छत पर बने उस लॉन पर जाने के लिए मचल रहा था जो ऊपर आते हुए देखा—मूँगफली का लिफाफा और गजक ले हम वहीं धूप में आ गये थे।

जया रेणुका से बात कर रही थी भारतीय उदात्त मूल्यों की और पश्चिम की भौतिकतावादी दृष्टि की—वहाँ के आत्मकेन्द्रित होते व्यक्ति की कि मैंने बीच में ही टोक दिया—"क्या बात कर रही हो जया हमारा तो सारा दर्शन ही आत्मकेन्द्रित है—केवल व्यक्ति के उत्थान की बात करता है—"

"व्यक्ति व्यक्ति से ही तो समाज बनता है" जया बोली।

"और जो तथाकथित उदात्त व्यक्ति समाज की अगुआई कर रहे हैं। वह उदात्तता के छद्म में अपना घर ही तो भर रहे हैं—सब तरफ छद्म-प्रदर्शन—इससे अच्छा तो पश्चिम है उदात्तता का आवरण तो नहीं चढ़ा रहा अपने ऊपर—व्यक्ति पश्चिम का हो या पूर्व का त्याग के बिना उदात्त नहीं हो सकता।"

"यार छोड़ो इन ऊँची बातों को कुछ चटपटे अनुभव सुनो न रेणुका से—फिर यहाँ पास में जो बावड़ी है उसे देखने जाना है या नहीं?" बिन्नी बोली।

"बावड़ी नहीं पहले किला देखेंगे—तब तक चाय का समय हो जाएगा फिर स्विमिंग पूल वाली साइड पर जाएँगे अगर पानी गर्म हो तो तैराकी भी की जा सकती है", कहते हुए रेणुका उठ खड़ी हुई "यहाँ धूप में लेट गये तो नींद आने लगेगी।"

"मैं भी आ रही हूँ" कहते हुए बिन्नी भी उसके पीछे हो ली थी। अब मैं जया की पकड़ में थी—मेरे अकेले होने का फायदा उठाते हुए बिना कोई भूमिका

बाँधे वह कह रही थी—

"सुन-क्या यह सच है कि तेरे पति अब तेरे साथ नहीं रहते?"

"वह भी तो अपना ही घर है" मेरे जवाब पर ध्यान न देते हुए वह अपना प्रश्न छोड़ रही थी—

"क्या तुम्हारा सम्बन्ध पूरी तरह टूट गया है?"

"जया सम्बन्ध टूटते नहीं सूखते हैं और सूखते सम्बन्धों में साथ रह भी लो तो एक-दूसरे को देख-देख कर भीतर ही भीतर जलते कुढ़ते रहते हो—अनिश्चय की अस्थिर कँपकँपाती जिन्दगी से यह स्थिति कहीं बेहतर है..." फिर अपने आप को विषाद से बचाने के लिए बात बदलने के लिए मैंने कहा—"चल जल्दी कर—किसी अनजाने मोड़ पर वह दोनों मुड़ गयीं तो इस विविध खंडों में बँटे भूल-भुलैया किले में उन्हें ढूँढ़ना मुश्किल हो जाएगा।"

विविध ऊँचे-नीचे स्तरों पर बने किले से खंडों की तरह अपने-अपने में डूबी चल रही थी कि सामने एक खुला हुआ कक्ष दिखा-बहुत साफ तो नहीं था—शायद पुराना सामान रखने की जगह पर वहाँ बड़े-बड़े झूले पड़े हुए थे और हमारी रेणुका रानी और बिन्नी झूल रही थीं—मैं झूले के पीछे जाकर उन्हें झुलाते हुए गाने लगी—

"अरी बहना रंडुआ तो रोवे सारी रात, सपने में देखी कामिनी"

"रँडुआ कामिनी देख रहा है या तू कन्त?" जया ने वार किया था—पर अब मैं मुक्त थी—जया को जवाब दे चुकी थी इसलिए खिलखिला कर बोली—"अब न तो हम कामिनी रहे और न काम रहा। अब तो हम शिखर पहुँची जोगिनी हैं।" 'जय जोगिनी मैया की' बिन्नी ने ऊपर से शान्त पर पैने अन्दाज में कहा।

"तुम्हारे इन सारे संवादों को रेकार्ड कर लेती और कुछ अनाप-शनाप और भर लेती तो मेरे तो 'अगले शो' का इन्तजाम हो जाता।" रेणुका बोलने से चूकने वाली कहाँ थी।

कंगूरेदार गलियारों में घूमते हुए हम एक-दूसरे को समझा रही थी कि दीवारों में बने इन सुराखों से सैनिक बाहरी आक्रमणकारियों पर गोलियाँ दागते होंगे।

बहुत हो गया घूमना-चाय का वक्त हो गया है। चाय पी जानी चाहिए और चाय के तो पैसे भी नहीं देने पड़ेंगे—चाय पीते-पीते सोचा जा रहा था बुफ़े डिनर लिया जाय या नहीं—बिन्नी का कहना था इतना महँगा खाना लेने की क्या तुक है हमने खाना ही कितना है—पर मेरा और रेणुका का कहना था यहाँ आये हैं तो पता तो होना चाहिए कि खाना कैसा है यहाँ का, कोई एक मील्ज़ तो लेना ही चाहिए—चाहे डिनर या सुबह का ब्रेकफास्ट—लंच के लिए रुके तो देर हो जाएगी—तय हुआ डिनर लेते हैं पर चार नहीं दो, एक वेज- एक नॉनवेज- कमरे

में ले आएँगे और मिलकर खा लेंगे—अब सवाल यह था डाइनिंग हॉल में अपने लिए परसने के लिए कौन जाएगा? वेटर तो लाकर देगा नहीं—रेणुका जाने के लिए तैयार थी और जया को भी मना लिया था।

बाहर बैठे-बैठे ही अँधेरा हो गया था—दीपकों जैसी बत्तियाँ पेड़ों के बीच-बीच में और कंगूरों के झरोखों में चमकती रोमानी वातावरण बना रही थीं—ठंड सी लगी तो हम आधे ढँके हुए मेज पर आ गये—राजस्थानी नर्तक ने छोटे-बच्चे के साथ अपने वाद्य को बजाना शुरू कर दिया था—छोटा बच्चा वाद्य ध्वनि पर लयात्मक घुमेरियाँ ले रहा था—गायक सास बहू की तू-तू-मैं-मैं को हाथ हिला-हिलाकर स्वर दे रहा था—ऐसे में न जाने क्या हुआ कि रेणुका ने रोना शुरू कर दिया—कारण पूछने पर 'कुछ नहीं' 'कुछ नहीं' कहती रही पर बिन्नी ने कारण पकड़ते हुए उसे डाँटा—"इतने बरस बाहर रह ली। खुद भी सास बन गयी पर अभी तक सास-ननद के पचड़े से मुक्त नहीं हुई—लोग-बाग भारत में एकल परिवार में रह रहे हैं और ये वहाँ सम्मिलित परिवार की जटिलताओं में फँसी हुई है—तभी तो साँस लेने के लिए इसे भारत आने की जरूरत पड़ती है।" 'मैं अभी फ्रैश होकर आती हूँ' कह कर रेणुका चली गयी तो जया बोली—"इतनी बुरी तो नहीं इसकी सास- मैं तो पूरा एक हफ्ता वहाँ रही थी—मेरी तो बेचारी सास ने खूब खातिर की—अपना दुःख भी बाँटा।"

ठंड बढ़ गयी थी इसलिए रेणुका के पीछे हम भी कमरे में आ गये—जया पलंग पर लेटने लगी तो रेणुका ने कहा पहले खाना खा लो फिर लेटना, वर्ना खाना लाने के लिए जाना भी मुश्किल हो जाएगा—दो के लिए लाया खाना भी चार लोगों के लिए ज्यादा हो रहा था।

दिन भर के थके हुए तो थे, मैंने जया से कहा, "मैं तो ऊपर के कमरे में नहीं जा रही। यहीं बिन्नी के पास सो जाऊँगी—जो पहले से वहाँ लेट चुकी थी—मुझे नहीं पता जया और रेणुका कब ऊपर गयीं पर सुबह वेटर ने जब दरवाजा खटखटाया तो उसे मैंने ही खोला क्योंकि वेटर से सुबह-सुबह अपने लिए गर्म पानी पीने के लिए लाने को मैंने ही बोला था—बिन्नी अभी भी गहरी नींद में थी। मैंने बिना आहट भी किए बाथरूम में ब्रश किया, पानी पिया और बाहर अँगड़ाइयाँ लेती सुबह का हाथ पकड़ आस-पास की छत पर घूमना शुरू कर दिया—किले के चारों तरफ की खाई धुन्ध के बादलों से भरी स्टीम भरे प्याले की मानिन्द और बीच में यह किला खूबसूरत चेरी के गुच्छे की तरह लग रहा था—सुबह जग जाना सार्थक सा लगा—मन चाहा कि सबको जगा दूँ और दिखाऊँ कि सुबह कैसे स्वागत कर रही है।

सैर से लौट कमरे की लॉबी से ही उन्हें आवाज लगाई कि चाय कमरे में मँगवाई जाय कि बाहर की कच्ची धूप में बैठ पीने का इरादा है?

वे कुछ जवाब देतीं इससे पहले ही चीखती हुई बिन्नी बाथरूम से बाहर निकली सलवार का नाड़ा हाथ में पकड़े हाँफती हुई कह रही थी—खिड़की से मोटा बन्दर आ गया है—ऊपर बैडरूम का दरवाजा भी खुला है—

उसकी उलझन को समझते हुए मैंने कहा, "घबराओ नहीं मैं रिसेप्शन से किसी वेटर को बुलाती हूँ" कहते हुए लगभग भागती हुई सी मैं रिसेप्शन की तरफ बढ़ गयी। पीछे से जया और रेणुका की आवाजें आ रही थीं और गले में रूँधी सी बिन्नी की आवाज कानों में पड़ रही थी—

"कोई तो यहाँ रहो—अरे कोई तो मेरे पास रुक जाओ—पूरे कपड़े तो मुझे पहनने दो..."

रिसेप्शन पर यह कह कर कि 'राधा' और 'तुलसी' में बन्दर आ गये हैं—किसी को भेज दीजिए' मैं कर्तव्यमुक्त हो गयी थी और ऊँची छत पर रखे कुर्सी मेज पर बैठ गयी थी—सीढ़ियों से नीचे वाले तल्ले पर जया और रेणुका इधर-उधर देख रही थीं—उन्हें अपने पास आने का इशारा कर मैंने कहा—

"वहाँ क्यों खड़ी हो, यहाँ आ कर देखो न—यहाँ के हर कोने से यह किला अपना एक अलग सौन्दर्य उद्‌घाटित कर रहा है।"

"हमसे नहीं जगह-जगह की सीढ़ियाँ चढ़ी जातीं।"

"तब तो फिर सीमाबद्ध सौन्दर्य ही देखो उन्मुक्त सौन्दर्य तुम्हारे भाग्य में नहीं," जया को छेड़ ही रही थी कि हाल-बेहाल बिन्नी वहाँ पहुँच बोल रही थी—

"अच्छी दोस्त हो तुम—वहाँ बन्दरों की सेना से घिरी अकेला मुझे छोड़ आयी और यहाँ निश्चिन्त बातों में मस्त हो रही हो...रूआँसी आवाज़ में सलवार को हाथों में पकड़े-बदहवास-परेशान-लज्जित-सी बिन्नी छत के बीचों बीच खड़ी थी।

किले के स्पिलिट फ्लोर्ज़ से अलग-अलग खंडों में अलग-अलग कोनों में, खड़ी किले के कंगूरों की तरह स्तब्ध-चुप जड़-सी हुई हम एक दूसरे को ताक रही थीं।

अक्षर सम्बन्ध

''तुम्हारे! मेरा मतलब है आपके फेयरवेल की फोटोग्राफ्ज़ बहुत अच्छी आयी हैं—एकदम प्रफुल्लित जवान चेहरा। मैं तुम्हें दिखाने के लिए इतवार को तुम्हारे घर आऊँगी,'' फोन पर विद्या कह रही थी।

''पर मैं तो शुक्रवार चंडीगढ़ अपने घर चली जाऊँगी। वीरवार को आना चाहो तो आ जाना वर्ना चंडीगढ़ के पते पर भेज देना। न भेज सकी तो बाद में जब कभी दिल्ली आना होगा तुमसे ले लूँगी।''

कहते हुए, उसने रिसीवर रख दिया। विद्या उसी के कॉलेज में उसके पहले बैच की छात्रा रही है—तभी से उसकी प्रशंसक—फिर एम.ए., एम.फिल. कर उसकी कुलीग बन गयी—आजकल स्टाफ एसोसिएशन की सेक्रेटरी है—उसके व्यक्तित्व के अनुरूप ही बहुत मन से उसने, उसकी बिदाई का सारा आयोजन किया—उसकी भी पूरी कोशिश थी कि जाते हुए वह बिल्कुल उदास न हो—इसीलिए तो उसने विद्या से कहा था, ''देखो विदाई के दिन मुझे बोलने के लिए बिल्कुल मत कहना वर्ना मेरा रोना निकल जाएगा और मैं उदास होकर रोते बिलखते हुए यहाँ से जाना नहीं चाहती—यूँ जब से कॉलेज में आई हूँ हर उत्सव पर बोलती ही तो रही हूँ—सबने खूब सुना हुआ है मुझे, पर विदा की बात और है—अब जाते हुए हँसते-हँसते केवल बाय-बाय!''

विदाई के दिन उसने हँसते-हँसते विद्या से कहा था, ''चलते-चलते जरा यह भी तो गा दे 'कभी अलविदा न कहना—कभी अलविदा न कहना''

अभी तो उसे अहसास ही नहीं हो रहा कि वह कॉलेज से असम्बद्ध हो गयी है—अभी तो उसे बस यही लग रहा है कि बीमार पति के लिए छुट्टी लेकर वह दिल्ली से चंडीगढ़ जा रही है।

इस वर्ष सोलह जुलाई को जब कॉलेज खुला तो प्रिंसिपल ने उसे बुलाया था। कहा था, ''देखो छब्बीस तारीख की गवर्निंग बॉडी की मीटिंग है तुम री-

इम्प्लॉयमेंट के लिए एप्लीकेशन दे दो। समय से ही सब औपचारिकताएँ पूरी हो जानी चाहिए।"

उसने प्रिंसिपल को अवाक् करते हुए जवाब दिया था, "मैं एक्सटेंशन नहीं चाहती।" "पर क्यों?" के जवाब में उसने कहा था, "तुमसे क्या छिपाना—तुम्हें पता है—मेरा हाईकमांड रिटायर होकर खुद तो यहाँ से चंडीगढ़ गया ही, हमारे बेटे 'तन्मय' को भी साथ ले गया, यह कहते हुए कि तुमसे तो अकेले बच्चा पलेगा नहीं—मैं अकेले पाल लूँगा। तुम नौकरी करो यहाँ, परिवार आजकल की महिलाओं के लिए जरूरी चीज़ थोड़े ही है।"

अपने पर किए जाते व्यंग्य को सुना-अनसुना करते हुए उसने पूरी शान्ति से पति से कहा था—

"तुम्हें चंडीगढ़ जाने की क्या जरूरत है? यहाँ दिल्ली में हमारा ठीक-ठाक फ्लैट है। दसवीं पास कर तन्मय तो कहीं हॉस्टल में चला जाएगा—यहाँ हम दोनों तो होंगे!"

जवाब में वह बोला था, "हाउस कीपर बन कर यहाँ रहने से अच्छा है मैं चंडीगढ़ में मालिक बन कर रहूँ—वैसे दिल्ली जितना प्रदूषित हो गयी है—वह रहने लायक रही ही कहाँ है! मैंने तय कर लिया है कि दिल्ली का फ्लैट बेच कर चंडीगढ़ में कनाल का घर बनवाकर ठाठ से रहूँगा"

"और मैं?"

"तुम्हारा जब मन होगा आ जाना—मनाही कोई नहीं। तन्मय का इंजीनियरिंग कॉलेज में एडमीशन करवा दूँगा।"

जब इनके दिमाग में कुछ बात आ जाय तो रोकना मुश्किल होता है। अब चेतन मानस में रिटायर होने पर औरत को अपने से ऊपर खड़े देखकर हीन महसूस करते हुए सम्भवत: 'यह निर्णय लिया हो'—नहीं जानती पर अभिजात ढंग से तन्मय को मुझसे छीन मुझे दु:खी तो किया ही जा रहा था।

ऊपर से हम दोनों शान्त थे। मेरी बड़ी बहिन जया ने इन्हें समझाने की बहुत कोशिश की थी पर अपनी बात पर अड़े रहकर तन्मय के एडमिशन का बहाना कर ये चंडीगढ़ चले गये थे। जया ने मुझे अकेले न रहने दिया और अपने घर ले गयी—यूँ बेटी का ब्याह कर वह भी बसन्त विहार के बड़े घर में अकेली रह गयी थी—मुझे साथ ले जाने में उसका अकेलापन भी कटता था—पर मेरे भीतर की अखंडता तो खंडित हो रही थी, यूँ बाहर से सब कुछ सामान्य ढंग से चल रहा था—पर भीतर, कभी निजी स्वाभिमान अकेले रहने की जिद पकड़ता तो कभी पति और बच्चे के अकेले रहने पर अपराध-बोध से ग्रस्त हो जाता। हाँ, पर कॉलेज पहुँच सबकुछ को भूल, लगता कि अपने स्व में हूँ—अपनी जमीन पर हूँ—किन्तु कॉलेज से लौटने पर निजी घोंसले की कमी मुझे उदास कर देती—ऊपर से अपनों की ही

मौन और मुखर आवाजें मुझे छील-छील जातीं—"डॉ. नीलांजना अपने पति से अलग हो गयी हैं—विवाह संस्था की आजकल क्या गारंटी। इतने बरसों का वैवाहिक जीवन भी उसे खंडित होने से नहीं बचा पाता।"

विभाग की एच.ओ.डी. रिटायर हो जाने के बाद भी रोज रात फोन से मेरे सिर पर सवार हो जातीं—

"नीलू, तुम्हारे से बड़ी होने के नाते तुम्हें समझा रही हूँ। एक्सटेंशन मत लेना—मुझे पता चला है अरोड़ा साहब बीमार रहने लगे हैं। अब तुम कार्यकाल के समाप्त होते चंडीगढ़ चले ही जाना।"

मुँहतोड़ जवाब देने की मेरी आदत नहीं रही। उन्हें 'जी अच्छा, जी अच्छा' कह कर टाल देती पर मन कहता केवल हाउसवाइफ बन कर रहना तो मैंने कभी नहीं चाहा—एम.ए. पास करते ही तो लेक्चररशिप मिल गयी—छत्तीस साल देखते ही देखते बीत गये। अब जाना तो है ही फिर तीन साल पहले क्या और तीन साल बाद क्या—पर मन में कुछ घटता था। मन में यह सोच कर ही हौल पड़ती थी कि सबकुछ छूट जाएगा। विनती मेरी अन्तरंग मित्र मेरे उदास होने पर समझाती—

"देख, पैसों में तो कोई फर्क पड़ने वाला नहीं, पेंशन और प्रॉविडेंट फंड से मिले ब्याज से सैलेरी के बराबर ही हो जाएगा—यह अलग बात है कि स्टेटस खो जाने का दुःख तुझे साल रहा हो।"

"झूठ नहीं बोलूँगी, दुःख न होता हो ऐसा हो नहीं सकता, छत्तीस सालों से नियमित रूप से बाहर निकलना कहीं यह सन्तोष कि अपने आप को व्यर्थ नहीं कर रहे हैं। फिर छात्रों की मुग्ध आँखें, मित्रों का साथ, किसे अच्छा नहीं लगेगा—छूट जाएगा सबकुछ," कहते हुए उसने ठंडी साँस भरी।

"तू ऐसा क्यों नहीं सोचती कि चलो रोजाना की दौड़धूप से छुट्टी मिली—मुक्त होकर अपना मन चाहा पढ़ना लिखना होगा।"

"दिल बहलाने को खयाल अच्छा है गालिब," कहते उसने एक लम्बी साँस खींचते हुए अपने को संयत करने की कोशिश की।

"जब तक कॉलेज में है तब तक तो यहाँ रमी रह। अभी से क्यों उखड़ रही है," विनती उसे झिड़क रही थीं।

'इदम् न मम' दार्शनिक अन्दाज में कहते हुए उसने आँखें बन्द कर लीं।

विनती के साथ रोज के सेशन्ज का परिणाम यह हुआ कि जब कॉलेज से जाने का समय आया तो वह बाहर से देखने पर खुश और जाने के लिए पूरी तरह से तैयार थी। पर जब विभाग के लोगों और स्टाफ एसोसिएशन की सेक्रेटरी ने कहा कि तुम अपने मन का उपहार ले आओ तो एक बार फिर अवसाद में डूब गयी थी। उपहार को अस्वीकार तो किया नहीं जा सकता था। सबके साथ जो वह अपने लिए उपहार क्या ला रही थी जैसे अपने हाथों अपने कफन-दफन का इन्तजाम कर रही

हो। विद्या ने जब एसोसिएशन की तरफ से लाया शॉल प्रिंसिपल को दिया कि उसके कन्धों पर ओढ़ा दें तो उसे लग रहा था उस पर 'बुरा' डाला जा रहा है। ('बुरा' शोक के अवसरों पर मित्रों और सम्बन्धियों द्वारा दी जानेवाली सान्त्वना और सहायता होती है)।

बाहर से शान्त और खुश दिखने का प्रयास करते हुए और भीतर से दंश को कम करने के लिए उसने उपहारों के प्रत्युत्तर में सबको उपहार दिये थे—स्मृतिचिह्न स्वरूप अपने हाथ से बनायी छोटी-छोटी पेंटिंग्ज—सब अभिभूत हो गये थे, "अरे तुम्हारा यह रूप तो सामने आया ही नहीं—अब तुझे समय काटने की क्या फिक्र, तू तो चित्र बनाने में ही डूब जाएगी!" किसी ने कहा था और वह हँस दी थी उन्मुक्त-सी दिखती हँसी।

जया उसे ले जाने के लिए आ गयी थी। सब कुछ ठीक ही था। रात को एच.ओ.डी. ने खूब हँसते हुए फोन किया था।

"तो आ गयी तू आखिर हमारी रिटायरों की जमात में।"

आवाज सुनते ही उसे लगा कि वह उपेक्षा और गुमनामी के किसी अमानवीय लोक में फेंक दी गयी है, जहाँ आकाशचारी 'पितर' उसका स्वागत कर रहे हैं 'चेहरे से विहीन छाया ध्वनियाँ'। उसे डर-सा लगा। याद आयी उसे माँ की मृत्यु—मृत्युशय्या पर पड़ी माँ बेडौर आँखों से छत की तरफ देखती कह रही थीं, देखो, मुझे लेने के लिए वे सब आये हुए हैं—मैं कह रही हूँ हट जाओ, अभी मुझे नहीं जाना, पर हट ही नहीं रहे—उनकी सुरति दो जगह काम कर रही थी—कभी हमारे साथ बात करती तो कभी छत की तरफ देख दूसरी दुनिया के साथ वार्तालाप शुरू कर देती।

माँ तो चली गयी थी पर मैं तो अपनी पूर्ण चेतना के समय के सामने रूबरू खड़ी हूँ। हाँ, अपने पूर्ण होशहवास में मुझे समय की लय को पकड़ना होगा और मैंने स्वस्थ होते हुए एच.ओ.डी. को जवाब दिया था—

"माफ कीजिएगा, मैंने पहले आपको पहचाना नहीं था—नाऽ नाऽ नाऽ....मैं अभी रिटायर नहीं हुई हूँ—मैं तो अभी अपनी ही दुनिया में हूँ, मेरे सामने तो ढेरों काम पड़ा है—" वे हँस रही थीं और मैं भी उनके साथ हँस दी थी।

जीवन के प्रवाह में अपने आप को डाल दो तो जिन्दगी अपना रूप ले ही लेती है। पर मेरे साथ विडम्बना यह हुई कि जिस परिवार को पाने के लिए मैं दिल्ली छोड़कर चंडीगढ़ आयी—वह परिवार चंडीगढ़ में भी नसीब नहीं हुआ। चंडीगढ़ आये मुश्किल से छः महीने हुए होंगे कि हाई कमांड को दिल का दौरा पड़ा और वे पूरी तरह से रिटायर होकर दूसरी दुनिया में चले गये।

एक लम्बी साँस भरी उसने। दिल्ली ही रह जाते तो वह सबसे कटती तो नहीं—जिन्दगी के इस मोड़ पर नये सिरे से सम्बन्ध भी तो नहीं बनाये जाते! यूँ

चंडीगढ़ यूनिवर्सिटी में एम.ए. के छात्रों को पढ़ाने के लिए सप्ताह में दो दिन की व्यवस्था हो गयी थी—जीवन गतिहीन नहीं हुआ था पर अकेला तो हो ही गया था—और कॉलेज या यूनिवर्सिटी में पढ़ाने का मतलब खुद पढ़कर छात्रों के सामने उगलना मात्र ही तो नहीं है, मात्र पैसा अर्जित करने का व्यवसाय ही तो नहीं, उसके लिए वह एक जीवन शैली है। ऊर्जा के मुख्य स्रोत से निकलती धारा के साथ चलने और चलाने का सुख, जीवन के साथ निरन्तर संवाद और सम्प्रेषण। 'सम्प्रेषण' शब्द के मन में उठते ही उत्साहित हो उसने मन में सोचा आज वह दिल्ली 'विनती' को जरूर फोन करेगी—मन में अभी सोच का बिम्ब पूरा भी नहीं हुआ था कि फोन की घंटी टनटनायी—फोन दिल्ली से ही था, 'दूरानुभूति होती है' अवचेतन में कौंधा—फोन दिल्ली कॉलेज से ही था। नयी स्टॉफ सेक्रेटरी कह रही थी—

"प्रिंसिपल ने एक्सटेंशन नहीं लिया—वह रिटायर हो रही हैं—उनकी विदाई के अवसर पर हम भी रिटायर्ड सहयोगियों को आमन्त्रित कर रहे हैं। आपको जरूर आना है क्योंकि आप प्रिंसिपल की बहुत घनिष्ठ मित्र रही हैं। रिटायर्ड लोगों की तरफ से वक्तव्य देने की जिम्मेदारी भी आपको सौंपी जा रही है।"

उसके मन ने आवाज दी कि उसे जाना चाहिए। दीपा 'प्रिंसिपल' ने उसका हमेशा साथ दिया। उसने सेवा-विस्तार नहीं स्वीकार किया—यूँ प्रिंसिपल के लिए विस्तार का समय सुखद भी नहीं होता, एक तरह से अच्छा ही किया। कहीं मन में अहं की तृप्ति भी होती है कि हम स्वेच्छा से पद छोड़ रहे हैं। पर नहीं, वह विदाई समारोह पर दिल्ली नहीं जाएगी—उसकी आँखों के सामने एच.ओ.डी. का चेहरा घूमने लगा—सेमिनार रूम के गोलमेज की खोखल में कैन्टीन की सफेद कुर्सियाँ और वहाँ पर बैठे हुए अवकाश प्राप्त सहयोगी—भूतों का डेरा...नहीं वह यह भूमिका नहीं निभा सकती। वह समय को खंडित नहीं करेगी, न सम्बन्ध को क्षरित। उसका कॉलेज की दीवारों से भी जीवन का सम्बन्ध है—अक्षर सम्बन्ध।

कॉलेज के अध्यापक संघ की सचिव के नाम मन ही मन उसने पत्र लिखना शुरू किया।

आमन्त्रण के लिए धन्यवाद, पर उस दिन दिल्ली पहुँचना सम्भव न हो सकेगा क्योंकि उसी दिन चंडीगढ़ विश्वविद्यालय में मुझे बोलने के लिए बुलाया हुआ है—फिर जब भी किसी अवसर पर बोलने के लिए बुलाओगी—जरूर आऊँगी—यूँ अनुपस्थिति में भी वहाँ उपस्थित ही होऊँगी—शब्दों को जीवन और जीवन को शब्द देते हुए हम जहाँ कहीं भी हों सबके साथ ही तो होते हैं—

एक स्वरचित कविता भेज रही हूँ किसी से पढ़वा देना।

पालतू पिल्ला

सुबह की सैर के नाम पर उसे सीमा की याद हो आती है। सैर की शौकीन होने पर भी शहरों में सैर पर जाने के लिए हामी नहीं भरती थी। कहती थी—"सब बुड्ढे-बुड्ढे सैर के लिए जाते हैं—मुझे नहीं यहाँ सैर पर जाना अच्छा लगता। सैर पर चलना है, तो हिल स्टेशन चलो, वहाँ हमें मिलेगा 'लवर्ज वॉक' या 'वॉकर्ज़ पैराडाइज।"

पर अब चाहे उसके कानों में सीमा की आवाज़ गूँजे या अन्य कोई बाधा सामने आये उसे डॉक्टर के कहे अनुसार 'ब्रिस्क वॉक' के द्वारा अपनी 'शूगर' पर नियन्त्रण करना ही है। अरे क्या औरों के लड़के ब्याह के बाद अलग नहीं रहने लगते? वे सब क्या ऐसे अवसाद में घिरती हैं? नहीं उसे डिप्रेशन की शिकार नहीं बनना—उसे अपने पर काबू पाना ही होगा। अभी तक जिन्दगी का केन्द्र बच्चा था अब उसे अपने आप को ही केन्द्र में रखना होगा—अपने लिए जीना सीखना होगा। सब कुछ समझते हुए उसे आचरण में न लाना मूर्खता नहीं तो और क्या है? 'मोह बन्ध तोड़ो और स्वस्थ हो जाओ' मन्त्र का जाप उसने किया और संकल्प लिया कि वर्तमान जैसा भी है वह उसे उसी रूप में स्वीकार करेगी।

उसने घड़ी पर पाँच बजे का अलार्म लगाया। उठते-उठते निकलते हुए छः बज जाएँगे। अल्मारी में से ट्रैक सूट निकाला—नहीं-नहीं, उसे अपने छोटे कद पर ट्रैक सूट बिल्कुल पसन्द नहीं, पर हाँ, ट्रैक सूट पर कफ्तान पहन लेगी और गले में मफलर लपेट लेगी। सर्दी भी तो कमबख्त बहुत लगती है उसे और ज्यादा रोशनी हो जाय तो वह वैसे ही सैर पर निकलना पसन्द नहीं करती। उसे बन्द जूते पहनने की आदत नहीं—पर चप्पलें पहन कर तो सैर पर नहीं जाएगी, उसने 'नाईकी' के 'स्पोर्ट्ज शूज़' खरीदे थे, वे यहीं कहीं उसके जूतों में होंगे। उनकी ग्रिप भी अच्छी है और तला भी बिना भारी हुए थोड़ा ऊँचा है—यही ठीक रहेगा।

अगली सुबह ठीक समय पर उठ कर वह वैसे ही तैयार हो रही थी जैसे अपनी पसन्दीदा फिल्म या नाटक पर जाने के लिए उत्तेजित नहीं उल्लसित हो

जाती थी।

बाहर अभी धुँधलका ही था 'चलो अच्छा है। घनी धुन्ध भी घिरी हुई है, सोने में सुहागा।' प्रकृति ने उसकी सैर की शुरुआत के लिए पूरी स्टेज सैट की हुई है। उसके घर से बाग दस कदमों पर ही तो है—बस गली खत्म हुई और सामने कॉलोनी की मुख्य सड़क पर बाग। नुक्कड़ पर पहुँचते ही धुन्ध में भी हिलते हुए 'अशोक' उसके स्वागत के लिए राग अलाप रहे थे—'स्वागत है आपका, आप आये हमारे पास—(चलो कोई तो है जो उसका स्वागत कर रहा है)। बेटे-बहू के अलग घर में जाने के लिए आभार व्यक्त करे वह, वर्ना यह दृश्य कहाँ नसीब होता! उसका हाथ अपनी आँख पर पहुँचा—वहाँ आँख की कोर में आँसू आ खड़ा हुआ था। 'बस चुप! बहुत हो लिया रोना-धोना' उसने अपने आप से कहा और पेड़ों की तरफ देखने लगी, सुबह-सुबह पेड़ पर हरियल तोते—वह वहीं रुक गयी। यह उसकी कॉलोनी का ही बाग है या...? चिड़ियों की चहचहाहट—आकाश से उतरती छरहरी उषा—प्रकृति उठ रही थी—अच्छा ही किया वह यहाँ आ गयी।

''अब यहीं खड़ी रहोगी या आगे बढ़ोगी?'' उसने अपने को टोका।

''हाँ ठीक'' कहते हुए वह पथरीले सैर पथ पर आ गयी।

वह अकेली है क्या? उसने अपने दायें बायें देखा। धुन्ध में कुछ छायाएँ-सी उसे नज़र आयीं—क्या जानवर? वह घबरा गयी। लौट चलें सोचते हुए उसने गले में लटकाये चश्मे को आँखों पर लगाया। जिन्हें वह जानवर समझ रही थी, वे लोहे के तारों से बनाये पशु थे जिन्होंने हरी पत्तियों के आच्छादन से खूबसूरत आकार ले लिया था और धुन्ध उनमें आत्मा डाल जीवित प्राणी के रूप में परिणत कर रही थी (चश्मे के बल पर ही सही, उसे अपनी भ्रान्तियों से मुक्त होना ही होगा)।

'एक्सक्यूज मी' कहते दो युवक पलक झपकते ही उसकी आँखों की पकड़ में आये और छूट गये।

प्रकृति के सम्मोहन से बाहर निकल वह अपने आप में आ गयी। जिस काम के लिए आयी है वह तो करें और उसने पग-पथ पर जितना तेज चल सकती थी चलना शुरू किया। वे युवक शायद जॉगिंग खत्म कर धीमी चाल चलते बातचीत में मग्न हो गये थे। उसने उनके पीछे-पीछे चलते सुना वे 'सौरव गांगुली' को क्रिकेट से बाहर करने पर अपना गुस्सा व्यक्त कर रहे थे—

''सौरव को निकाल रहे हैं पर तेंदुलकर का नाम तक नहीं लेते—उसकी परफॉरमेंस भी तो खराब चल रही है। जिसके पास कुर्सी आ जाती है वह अपनी मनमानी करने लगता है। सौरव को हटाना ही था तो थोड़ी इज्जत से हटाते—प्रॉपर

विदाई तो देते उसे!''

उसे लगा ठीक ही कह रहे थे वे।

''जेसिका लाल मर्डर केस में सारे अभियुक्तों को मुक्त कर दिया गया है—अपराधी और खूनी मुक्त! अच्छा न्याय है यह तो, पहुँचवालों के लिए अलग और सामान्य जन के लिए अलग!''

कोई भद्दी सी गाली दी उस युवक ने और वहीं लगी लटकने वाली 'बार' पर बन्दर की तरह से लटक गया।

''साले तुझे तो लटकाये जाने का आदेश नहीं हुआ है—चल अभी दो राउंड्ज और लगा लें फिर एक्सरसाइज करेंगे।''

बात करते वहाँ खड़े युवक उससे पीछे छूट गये थे।

उसका बेटा भी कभी वर्क-आउट किया करता था, 'कितना सुन्दर लगता था तब। अब तो बस व्यस्तता-व्यस्तता और व्यस्तता में उसके बढ़े हुए पेट का मोटापा ही नजर आता है। पर यह उसकी जिन्दगी है, जैसा चाहे जिएँ' एक ठंडी साँस भरी उसने और बुदबुदाई 'जहाँ रहे खुश रहे' आसमान की तरफ आँखें उठाई उसने और फिर पगडंडी को देखने लगी।

यह रोने की आवाज़ कहाँ से आ रही है? उसने आगे-पीछे, दायें-बायें, इधर-उधर नज़र घुमायी, कहीं भी तो कोई रोता हुआ नज़र नहीं आया—पर रोने जैसी आवाज़ उसे बेचैन कर रही थी। तभी आगे पड़ों की कतार वाले कोने में रक्खी पत्थर की बैंच पर प्राणायाम की मुद्रा में बैठे 'ॐ' का जाप करते व्यक्ति पर उसकी नज़र गयी। यह रोना नहीं ॐ का जाप था—उसके कानों को क्या हो गया है कि ॐ का जाप उसे रोने की ध्वनि लग रहा है! हाँ, कभी कभी ऐसा हो जाता है कि उच्चारित ध्वनि अपने प्रभाव में बिल्कुल भिन्न अर्थ देन लगती है। विनीता भी तो जब 'बौद्ध चैंटिंग' करती थी तो उसे लगता था वह कह रही है—'हम नहीं हारेंगे—हम नहीं हारेंगे।'

उसके पैरों में फिर से तेजी आ गयी—सामने बने 'कवर्ड शेल्टर' में तो भीड़ लगी हुई थी—ऊपर पट पर लिखा था 'योग संस्थान' और सन्देश—'शारीरिक और मानसिक स्वास्थ्य के लिए योग कीजिए।' उसने आकाश की तरफ देखा खूबसूरत सुबह हो चुकी थी और शेल्टर के नीचे इकट्ठे हुए—यही कोई पच्चीस-तीस स्त्री पुरुष योग-प्राणायाम समाप्त कर डिसपोजेबल ग्लासों में धुआँ उठता पेय पी रहे थे। चाय तो नहीं हो सकती—योग संस्थान वाले चाय भला क्यों पिलाने लगे। तो क्या हर रोज़ योग के बाद ये लोग दूध पीते हैं—एक व्यक्ति उन्हें छोटे-छोटे डिब्बे भी दे रहा था और शेल्टर की दो सीढ़ियों पर अपने-अपने गुट में डिब्बे को खोल मठरी या ऐसी ही कोई चीज खा भी रहे थे और ठहाके लगाते बतिया भी रहे थे—

इन्हें देख लग ही नहीं रहा था कि इनमें से किसी को अकेलापन भी सताता होगा। एक भरा-पूरा परिवार-सा सामने था—उसका मन हुआ वह भी उनके बीच में चली जाय—एक कप गर्म चाय उनके साथ बैठ कर पिये—पर वे तो चाय नहीं दूध पी रहे थे और चाय तो अपने आप में खुद अपनी साथी होती है—वह ही तो कहती है—वह आराम से घर जाकर चाय पीएगी—पर इनसे यह जानकारी तो ले सकती है कि 'योग संस्थान' में शामिल होने के लिए उसे क्या-क्या औपचारिकताएँ पूरी करनी होंगी। नहीं कोई जरूरत नहीं वह अपने से ही कह रही थी, उसे सुबह-सुबह दूध-मठरी नहीं खानी और न ही खुले में सबके बीच योगा ही करना है। दो मिनिट के लिए देखना और उनकी तारीफ करना एक बात है पर खुद वैसा करने लगना तो उसकी प्रकृति ही नहीं।

इस गतिरोधक को भी वह पार कर आयी पर वह उदास क्यों हो रही है? एक्सरसाइज करने से सैर करने से तो एनर्जी आती है—वह अपने को ढीला नहीं होने देगी—एनर्जी एक ही दिन में थोड़ी आ जाएगी—रोजाना आती रही तो अवश्य चुस्त-फुर्तीली और स्वस्थ हो जाएगी—कि उसकी टाँगों से चिपकते पिल्ले ने उसका ध्यान अपनी तरफ खींचा। दाईं तरफ की कच्ची क्यारियों में चार-पाँच कुत्ते के पिल्ले एक के ऊपर एक चढ़े सोये हुए थे—यह कहाँ से आ गया, भाई तो उनका ही लग रहा है। उसने अपनी टाँगों को झटक उसे हटाना चाहा पर उसने तो उसके पाँव को पूरी तरह से जकड़ लिया था—उसने पोले से हाथ से पिल्ले को उठाया—

"मेला प्याला प्याला पिल्लू—मेरे छाथ चलेगा—भाइयों के पास नहीं जाएगा—चल मुझसे लिपट गया है तो तुझे घर ले ही चलती हूँ—तुझे बिस्कुट दूँगी—अपने लिए ब्रैड टोस्ट और तेरे लिए सैंडविच बनाऊँगी—मैं चाय पिऊँगी और तुझे दुद्धू दूँगी—फिर तू बड़ा होगा पिल्ले से कुत्तु बन जाएगा—तेरा ब्याह करूँगी—तो क्या तू भी मुझे अकेला छोड़ कर चला जाएगा—पर तू क्यों मुझे छोड़कर जाने लगा तू तो जानवर है।" कहते कहते वह गोदी में उसे उठाये बाग के गेट से बाहर निकल गयी।

सुख-गाथा

उसने शॉल को अल्मारी में से निकाला कन्धों पर डाला और आदम कद आईने के सामने आकर खड़ी हो गयी—अपनी छवि को देखा—उसे लगा बरसों बाद उसके चेहरे पर मुस्कान आयी है—इस शान्त अहसास को भीतर तक ले जाने के लिए उसने आँखें बन्द कर लीं, कानों में आवाज़ गूँजने लगी—

"प्राईड ऑफ द पार्क—सोबर लेडी ऑफ योगा संस्थान"

लगा कद ऊँचा हो गया उसका! लगभग दस वर्ष हो गये उसे बाग के योग संस्थान में जाते हुए। अभी जवान ही थी जब से उसकी टाँगे दर्द होनी शुरू हो गयी थीं। बच्चे दोनों छोटे थे—घर की सारी व्यवस्था की जिम्मेदारी उसी की थी। यह तो अच्छा हुआ पति के कहने से उसने नौकरी छोड़ दी थी। कितनी कचोट हुई थी मन में क्योंकि ब्याह से पहले वही तो कहा करती थी—

"फालतू के धन्धों में अपने को वेस्ट नहीं करना चाहिए—पढ़ाई-लिखाई का सदुपयोग तो होना ही चाहिए—आत्मनिर्भर होने से ही आत्मविश्वास बढ़ता है।"

पर विवाह के बाद पति की ऊँची नौकरी के साथ ऊँची आवाज़ में सब कुछ भूल उसने अगले ही दिन त्यागपत्र दे दिया था—"तुम्हारे दो ढाई हजार से न तो मेरा घर बन रहा है न गाड़ी आनी है—अपने पढ़ाने के शौक को अपने बच्चों को पढ़ा कर पूरा कर लेना—अभी तो घर को ही सँभाल लो वही बहुत होगा।"

स्तरीय पढ़ना-लिखना होता रहे तभी सुरुचि पनपती है और व्यक्तित्व समृद्ध होता है। वर्ना तो भीतरी सबकुछ सूख जाता है। उसकी आँख की कोर में आया आँसू, गाल पर लुढ़क आया था—उसने आँखें पोंछीं—अपने को आश्वस्त किया—"दु:ख काहे का—वह वेस्ट कहाँ हुई—बच्चे अच्छे से सैटल हो गये हैं—लड़का इंजीनियर और लड़की डॉक्टर—यह अलग बात है कि दोनों उससे दूर अमेरिका में अपनी-अपनी गृहस्थी में व्यस्त हैं।"

जब तक वे पढ़ रहे थे, वह सुबह अपने लिए वक्त कहाँ निकाल पाती थी—

ऊपर से टाँगों का दर्द तो चिपटा हुआ ही था—टाँगों पर पट्टियाँ बाँध लेती और घर की दिनचर्या में लग जाती—प्राकृतिक चिकित्सा वाले 'तिवारी जी' सदा कहते—'मेरे बताये आसनों का निरन्तर अभ्यास कीजिए, नियमित रूप से सुबह शाम सैर पर जाइए, देखिए दर्द कहाँ गायब हो जाता है।' बरसों बाद उनके आदेश का पालन करने के लिए प्रयत्नशील थी कि उसकी जबान को बन्द करते पति बोल उठे, "पाँच सौ रुपये कंसलटेशन दे कर यही तो निकला कि ओस्टोपोरोसिस में यह सब होता ही है—ध्यान रखेगी अपना तो... यहाँ काम ही कितना है 'दो जन का'—तीन-तीन नौकर रख कर दिए हुए हैं। बढ़ती उम्र में किसी न किसी तरह का दर्द तो होगा ही किसी को कम किसी को ज्यादा।"

पति की ऊँची आवाज़ उसकी कराहों पर ताला लगाने के लिए काफी थी क्योंकि विवाद का संस्कार लेकर वह नहीं आयी थी। और अब तो पति के स्वभाव को पूरी तरह से समझ जाने के कारण वह और भी शान्त हो गयी थी।

जब पति रिटायर हो गये और सुबह सैर को जाने लगे तो उसे होश आया कि वह भी सुबह का समय अपने लिए निकाल सकती है। योग संस्थान में नियमित रूप से जाना तो जैसे नये जन्म की शुरुआत ही हो गयी—तन और मन दोनों ही स्वस्थ होने लगे और प्रमाण है योग संस्थान के द्वारा किया उसका सम्मान।

"कल से देख रहा हूँ, गर्मी में भी कन्धों पर शॉल को डाल शीशे में अपने को देख-देख लट्टू हो रही हो! अरे हम भी अपने बाग के हीरो हैं—देखा नहीं एक दिन भी शाम को न निकलूँ तो अगले ही दिन किसी न किसी की गाड़ी जबरदस्ती हमें लेने के लिए आ जाती है। कोई भी जमघट हमारी प्रेजेंस के बिना पूरा होता ही नहीं।"

पति लाउड ढंग से अपनी महत्ता जता रहे थे—उनके सामने कोई और महत्त्वपूर्ण कैसे हो जाय? लाल मुँह और ऊँची आवाज़ में उसे खारिज करते आदेश दे रहे थे—

"अपने से निकलो और चाय पिलाओ, बहुत मना चुकी अपनी हीरोशिप।"

वह चुप-शान्त किचन की तरफ बढ़ गयी। चाय का पानी चढ़ा दिया—ट्रे में दो मग्ज़, चीनी और दूध रक्खा फिर ध्यान आया। इन्हें तो 'शुगर' है। शुगर फ्री के पैक्ज रखे—तीस साल पहले भी तो ऐसे ही पहली बार किचन में चाय बनाने के लिए आयी थी। उसके यहाँ मिक्सड अच्छी तरह से खौला कर बनाई चाय पी जाती थी—उसने वैसी चाय बना दी थी। उसके नयी दुल्हन होने का लिहाज़ भी न करते हुए पति गरजे थे—यह कैसी चाय बना दी! घबराहट में ओठों से लगा कप छलक गया था और चाय साड़ी पर गिर गयी थी। अपमान से उसकी आँखें

भर आयी थीं पर उसकी तकलीफ को अनदेखा करते हुए उन्होंने सारी चाय सिंक में उड़ेल दी थी और मुझे चाय बनाना सिखाते हुए बोले थे।

''ऐसी कढ़ी हुई चाय गँवार पीते हैं—पानी उबालो, टी-पॉट में ग्रीन लेबल और रेड लेबल मिक्स की हुई पत्ती एक छोटा टी-स्पून डालो, ढक्कन बन्द कर दो—चाय को थोड़ा ब्रू होने दो—ऐसे बनती है चाय।''

और यह दस गज़ का लपेटन लिपटा किचन में कदम नहीं रखना—ब्लाउजों और कुरतों की बाँह कटवाओ—स्लीवलेस कपड़े बनवाओ—जिस्म को ऐसे ढँक कर घर में रहोगी तो मैं तो भूखा रह जाऊँगा।''

उसे लम्बे बाल अच्छे लगते थे। कभी जूड़ा बना लिया कभी पोनी टेल बाँध ली—कभी खुले छोड़ दिये—बाल बनाने में परिवर्तन करते रहने से चेहरे पर ताजगी और नयापन बना रहता है—साथ में गरिमा भी। पर उसकी एक न सुनते हुए जबरदस्ती उसके बाल छोटे-छोटे कटवा दिये थे।

उसे मायके से संस्कार मिले थे कि जिस्म को उघाड़ना अशोभनीय और सलीके से ढँकना शालीनता देता है—पर उसे स्लीवलेस कपड़े पहनने के लिए विवश किया गया था। उसे याद है कि ऐसे कपड़े पहन कर बाहर निकलने में वह झिझकती थी—आज तक भी वह दुपट्टा लेने के संस्कार को छोड़ नहीं सकी। गर्मी में भी बाहर निकलती थी तो स्लीवलेस कमीज़ पर दुपट्टे को शॉल की तरह से ओढ़ लिया करती थी—जिस पर उसके पति हमेशा व्यंग्य करते—

''तुम जैसा पोंगापन्थी को माडर्न बना दिया—तुम्हारे घर सा लालापन यहाँ नहीं चलेगा।''

वह माडर्न स्कूल में पढ़ाती रही है। उसके श्रम, मीठी अनुशासनप्रियता—बच्चों को प्यार से नियन्त्रण में रखने से सब उसकी तारीफ ही करते थे और कोई आधुनिक ढंग से फैशनेबल वस्त्र पहनने से ही तो आधुनिक नहीं बनता। आधुनिकता तो विकासशील विचारों और आचरण से होती है। अश्लील प्रदर्शन तो फूहड़ता की निशानी है। उसे पिछड़ा हुआ तो कभी किसी ने नहीं कहा।

उसको पति के साथ बाहर घूमने-फिरने के लिए जाना या रेस्तराँ में शाम गुजारना बुरा तो नहीं लगता था पर इसे ही दिनचर्या का हिस्सा बनने देना तो ऊब पैदा करने लगा क्योंकि अन्ततः तो सबको एक साफ-सुथरे और सुनियोजित घर की ही जरूरत होती है पर पति को उनकी तारीफ करने वाले जमघट चाहिए। रेस्तराँ नहीं तो घर पर बैठ के—औरों की बीवियाँ घर पर कदम नहीं रखने देतीं पर इनके अनुसार तो कौन ऐसा है जो उन्हें अपने घर में मनमानी करने से रोक सके। सब कुछ तैयार जो मिलता है। हाथ-पाँव हिलाने पड़ते तब बैठकें करते तो बात थी।

हलाल तो वह ही हो रही थी—ऊपर से इनका रौब—"देखो कितने-कितने, ऊँचे-ऊँचे ओहदों वाले लोग हमारे यहाँ आते हैं—तुम्हारी तारीफ करते हैं।" ऐसे में उसका पढ़ना-लिखना कहाँ हो पाता! अँग्रेजी-हिन्दी की हल्की पत्रिकाओं को देखते अफीम को सूँघते अफीम का ही नशा हो गया—अच्छा पढ़ने-लिखने के लिए अच्छी पुस्तकों-पत्रों की जानकारी भी तो अच्छी पत्र-पत्रिकाओं से होती है या अपने सहयोगियों और जीवन साथी से।

बच्चों के पढ़ने के वक्त में उनके पाठ्यक्रम की बढ़िया पुस्तकों को पढ़ने पढ़ाने का अवसर मिलने पर अहसास होता है कि अच्छा पढ़ने से कितना दूर हो गयी थी! बहुत बोलने वाली पहले भी नहीं थी अब और चुप हो गयी—घर को अच्छे से रखने में ही मन सन्तुष्टि ढूँढ़ने लगा—बच्चों में सुरुचि पैदा कर अच्छी पत्रिकाओं को उनके लिए लगवाने में ही अपनी सार्थकता पाने लगी—बच्चों के मित्रों और पति के मित्रों द्वारा सराहना करना—

'कितनी सुलझी हुई है पत्नी तुम्हारी—आधुनिक पर शालीन' और उनके प्रशंसा करते उनके सामने ही इनका मुझे अपनी बाँहों में ले चूमने लगना उसे जमीन में गाड़ देता—आँखें ऊपर उठती ही नहीं थीं पर पति का उसकी शर्मिन्दगी से क्या लेना देना—बाँहों में भरने के लिए पत्नी, न मिले तो नौकरानी से ठिठोली कर लो—'ऐ मरहठन सुन्दरी, तैयार हो कर आ जाना शाम तुझे फिल्लम दिखा लाऊँगा—तेरी बीजी को तो 'गोबिन्दा' की फिल्में अच्छी ही नहीं लगती।' ठरकी स्वभाववश पति को भाइयों से छिछोरापन करते देख उसे अपने में छोटापन महसूस होता। अपनी पोती बराबर लड़कियों को सीने से चिपकाकर नाटक करते—"रेशमा, वाह रे तू तो जवान हो गयी!" और उसके गाल पर चिकोटी काट कहते "इसे कहते हैं जवानी की लाली—ले यह तेरे लिए चॉकलेट।" अगर उसकी आँख पति की 'डकैती' को रँगे हाथों पकड़ लेती तो चटपट जवाब हाजिर—"बेटे ने जो चॉकलेट भेजी थी सड़ रही थी—इन बेचारे बच्चों के मुँह लग जाय यही अच्छा है न।"

उबकाई आने को होती उसके पति के व्यवहार से पर बच्चियों के साथ ऐसी नीचता उसके लिए असह्य थी—

"चल भाग रेशमा यहाँ से—माँ के साथ काम कर-वर्ना यह अंकल तो तुझे चॉकलेट, खिलाते खिलाते तुझे ही कच्चा चबा जाएँगे।"

रेशमा की बाँह पकड़ किचन में ले जाती। उसने वॉश बेसिन में पति की तरफ देखते ऊँची आवाज़ में किया 'थू' और बाथरूम का दरवाजा बन्द कर लिया।

पिकनिक

"देख, याद से चंडीगढ़ फोन कर देना, मुझे तो उठाले पर यानी सोमवार को वहाँ जाना ही पड़ेगा—मिन्ना ने जोर डालकर कहा कि अमन को अपनी इस बहन से बहुत प्यार था—हर हालत में उठाले पर पहुँच जाना।"

"सोमवार को मेरी भी छुट्टी है—मैं भी तुम्हारे साथ चलूँगी। तुमने तो फोन कर दिया होगा। मुझे जब जाना ही है, तो फोन क्या करना।"—उसी ने अमन को मिन्ना के लिए पसन्द किया था और दीदी और मिन्ना से मिलवा दिया था इसलिए उसे चंडीगढ़ जाना ही चाहिए। फिर जब से पिटका अहमदाबाद गया है वह तो घर से बाहर निकली ही नहीं। घर कॉलेज और पिटका यही उसकी पूरी दुनिया होकर रह गयी है—अपनी ज़िन्दगी के ढर्रे से थोड़ी देर बाहर निकलना हो जाएगा और कुछ नहीं लम्बी ड्राइव पर ही सही। पर उसने दीदी से यह तो पूछा ही नहीं कि वे जाएँगे कैसे? कोई बात नहीं 'शताब्दी' से भी वे जा रहे होंगे तो भी ठीक है। क्यों न वो दीदी से पूछ ही ले?

पूछने पर पता चला कि ड्राइवर को तो वायरल हो रहा है पर डबला कह रहा था कि उसे हाइवे पर ड्राइव किए अर्सा हो गया है। इसलिए वह ले चलेगा—जीजा जी सुबह उठ नहीं सकते इसलिए उन्हें यहीं छोड़ जाएँगे। डबले ने यह भी कहा कि पिटका आया हुआ है तो उसे भी साथ ले लेना—हम दोनों का साथ हो जाएगा।

वहाँ कितने बजे पहुँचना है? पूछने पर दीदी ने बताया कि समय एक से तीन बजे है। उसने सारा हिसाब लगाते हुए कहा कि हमें घर से सुबह सात बजे निकल लेना चाहिए—सात बजे का टाइम रखेंगे तो निकलते निकलते साढ़े सात बज जाएँगे दिल्ली से चंडीगढ़ छः घंटे लग ही जाते हैं—सुबह निकलेंगे तभी समय से पहुँच पाएँगे।

उसने दीदी से बिना पूछे भाई के घर फोन किया। फोन भाभी ने उठाया और

कहा कि भाई ने चंडीगढ़ फोन पर अफसोस कर दिया है—'वे तो नहीं जाएँगे पर मैं तुम्हारे साथ चलूँगी—सारा कार्यक्रम तय हो जाय तो मुझे बता देना।'

उसका ऊबा हुआ मन दिल्ली से बाहर जाने के नाम से ही उत्फुल्ल हो उठा था—उत्फुल्ल नहीं, थोड़ा उत्तेजित हो गया था। उसने रात ही को ऑफ वाइट सलवार कमीज और ब्राउन शॉल निकाल कर एक तरफ रख दिया था। भाई-भाभी और खुद वे तो एक ही हाउसिंग सोसायटी में आसपास ही रहते हैं। रात फोन पर उन्हें बता दिया था कि पौने सात वे उन्हें लेकर दीदी के घर चले जाएँगे।

'जल्दी सो जाऊँगी' सोचते-सोचते भी जब वह बिस्तर पर लेटी तो साढ़े ग्यारह बज रहे थे—उसे जल्दी उठने की आदत है पर फिर भी उसने चार बजे का अलार्म घड़ी और फोन दोनों पर लगा दिया। बेटे ने पहले ही उसे ताकीद कर दी थी कि निकलने से केवल आधे घंटे पहले ही उसे उठाऊँ। अपनी योजनानुसार वह सवा छः बजे तैयार थी—उसने चाय बनाकर बेटे को आवाज़ लगायी कि चाय पी ले और जल्दी से तैयार हो जाए—नहीं जाना चाहते तो मैं भाभी को साथ गाड़ी में बैठाकर दीदी के घर पहुँच जाती हूँ—"आप जल्दी बहुत मचाती हैं—मैंने कब कहा कि मैं नहीं चल रहा—मुझे तैयार होने में देर ही कितनी लगनी है!" बेटा कह रहा था।

उसके जल्दी करने के बावजूद जब भाभी समेत गाड़ी में बैठी तो सवा सात बज रहे थे। सर्दी की वजह से बाहर चहल-पहल बिल्कुल नहीं थी—हल्के कोहरे की वजह से सुबह बहुत खूबसूरत लग रही थी।

इससे पहले कि वह पिटके को कुछ कहती, पिटका कह रहा था—"अभी तो सुबह खुद नींद से भी नहीं उठी—सब खाली है, मैं पन्द्रह मिनट में मासी के घर आपको पहुँचा दूँगा।"

दो-तीन किलोमीटर का फासला रहा होगा कि उसने डबले के मोबाइल पर फोन किया—"हम समझो पहुँच गये—आप गाड़ी में समान रखो और बैठो।"

और जब वे दीदी की गाड़ी में चंडीगढ़ के लिए रवाना हुए घड़ी में सात पैंतीस या चालीस हो रहे थे। अभी दिल्ली बार्डर पार भी नहीं किया था कि भाभी बोलीं, "मैं सैंडविच और चाय लायी हूँ, जिस किसी का चाय का मन हो तो बता देना।"

जवाब में उसने कहा, "मैं चाय पी सकती थी पर थर्मस वाली चाय में मुझे अजीब-सी गन्ध आती है। मैं तो करनाल के ऑयसिस पर टी-बैग वाली चाय पीऊँगी। चाय के साथ सैंडविच भी खाऊँगी।"

बाकी सबने चाय पी। भाभी की सराहना की। ताज़ा दम डबला मस्ती में गाड़ी चला रहा था—हल्के-हल्के कोहरे में सड़क तक रोमानी लग रही थी। लम्बे

अर्से बाद खुलापन दिखाई दे रहा था। सड़क के खम्भे और कूड़े के ढेर जैसी मामूली चीज़ें कोहरे के मायालोक में अद्‌भुत लग रहे थे—खम्भों पर अभी तक जलती बत्तियाँ ऐसे लग रही थीं जैसे आकाश से किसी ने दिये लटका दिये हैं। बाहर उसे सोनीपत का बोर्ड दिखाई दिया। घड़ी देखी 'पौने नौ' और उत्साहित स्वर में बोली, "अरे बस पौने नौ! मैं तो सोच रही थी—करनाल पहुँचते साढ़े दस ग्यारह बज जाएँगे—इस हिसाब से एक घंटे यानि दस बजे से भी पहले करनाल होंगे। मुझे तो गर्मागर्म चाय का धुआँ भी दिखाई देना शुरू हो गया है।" फिर सबको चुप देख वह बात को बदलते हुए बोली—

"दी बिंदिया को हुआ क्या था?"

जवाब में दीदी कह रही थी—"शादी से पहले तो भयंकर रूप से एस्थमा की मरीज थी—बच्चे के जन्म के बाद तो उसकी यह तकलीफ और बढ़ गयी थी। यह तो 'जुनेजा' उसका पति बहुत अच्छा है। सारा घर खुद मैनेज करता रहा। बिंदिया ने पति बच्चे को क्या सँभालना था वही सारी उम्र पत्नी की सेवा करता रहा। मैं तो कहूँगी पति-पत्नी दोनों की मुक्ति हुई—एक की तकलीफ पाने से, एक की सेवा करने से। यूँ बेचारी की उम्र तो मरने की न थी और उसका बेटा तो पिटके से भी एक साल छोटा ही होगा।"

"पर दीदी जी, मौत कोई पूछकर या समय तय करके तो आती नहीं"—भाभी कह रही थी।

उसकी नज़र सारा वक्त सड़क पर ही थी। ट्रैफिक सड़क पर बहुत ज्यादा था ही नहीं। वैसे भी हरियाणा सरकार ने टूरिज्म की दृष्टि से बहुत विकास किया है—कर्ण झील नाम को देख वह चहकी—"देखो न थोड़ी दूरी पार करते ही अच्छे साफ-सुथरे रेस्तराँ नज़र आने लगते हैं—साफ-सुथरी जनसुविधाएँ। अभी साढ़े नौ ही बजे और हम कर्ण झील पहुँचने वाले हैं। बिट्टे बहुत ज़ोर का सू-सू आया हुआ है ऑयसिस ले चल—वहाँ अच्छी चाय भी मिल जाएगी और सब अपने-अपने वॉटर टैंक भी खाली कर लेंगे।"

गाड़ी पार्क करते ही, बिना औरों का इन्तजार किये वह 'लेडीज' की तरफ भाग रही थी। वहाँ से आकर उसने कैश काउंटर पर चाय-कॉफी के लिए कूपन लिये और चाय की खिड़की पर सबके लिए चाय लेने के लिए खड़ी हो गयी।

उनके पास डब्बू और पिटका भी आ गया था और डब्बू कह रहा था—"थैंक यू मासी—कितनी एक्टिव हैं आप! अब आप टेबल पर बैठ जाइए—हम चाय लेकर आते हैं।"

भाभी के टैबल पर आते ही वह बोली—

"भाभी सैंडविच?"

"अरे वह तो मैं गाड़ी में ही भूल आयी—पिटके, प्लीज तू गाड़ी में से मेरा प्लास्टिक वाला बैग ले आ। मैं तो अपने लिए एक कप चाय और ला रही हूँ सैंडविच के साथ के लिए, किसी और के लिए मँगाऊँ?

"मज़ा आ गया—वाह भाभी क्या बढ़िया सैंडविच बनाकर लायी हो?" दीदी कह रही थी—"वक्त का तो पता ही नहीं चला।"

"अभी तो बस दस ही बजे हैं—आगे तो रास्ता और भी अच्छा है।" डब्बू ने कहा।

सर्दी का मौसम—मीठी धूप—सड़कों पर कीनू की बहार—मनाली की सड़कों पर बिकने के लिए जैसे सेबों के टीले के टीले दिखाई पड़ते हैं वैसे ही यहाँ कीनू का ढेर लिए जूस की मशीनें लगाये, कीनू छील रहे थे।

—"भई मैं तो वापसी में यहाँ से कीनू लेकर जाऊँगी—दिल्ली में फल लाने का मेरा चक्कर बच जाएगा, यहाँ तो इतने बड़े-बड़े केसरिया रंग वाले कीनू दिख रहे हैं, दिल्ली से सस्ते भी होंगे। जितना बड़ा कीनू उतनी ही ज्यादा मिठास—एक-एक पेटी सेब ले जाएँगे—वापसी में मिल जाएँगे? नहीं तो..."

"क्यों नहीं मिलेंगे?"—डब्बू बोला।

—"डब्बू बिट्टे, गाड़ी तो रोक। मेरे अभी के खाने के लिए दो-चार ले लो, दिल्ली ले जाने की वापसी में सोचेंगे। मेरे पेट के लिए सीट्रिक फल बहुत अच्छा है।"—वह कह रही थी।

लिये गये तो सभी ने लिये और खाने शुरू कर दिये।

—"आह रिफ्रेशिंग।"

—"ठंडक में और भी ठंड पड़ गयी कलेजे में।"

—"मजा आ गया।"

डबला और पिटकू पीछे से आती आवाजें सुन रहे थे। "आप लोग स्यापे पर जा रही हैं?" पिटकू ने फब्ती कसी। "अभी वहाँ पहुँचे नहीं, पिटकू जी महाराज।"

"देखो मम्मी, हम बारह बजे से भी कुछ पहले चंडीगढ़ पहुँच जाएँगे—मैं समय से एक घंटा पहले मोर्निंग वाली जगह पर पहुँच कर बोर नहीं होना चाहता—इसलिए वहाँ की 'सुक्खानालेक' पर चले चलते हैं—कुछ अच्छा खाने को वहाँ मिल गया तो वहाँ खा लेंगे वर्ना किसी ढाबे पर बैठकर खाना खाएँगे—अभी खाना नहीं खाया तो चार बजे से पहले खाना नहीं खा सकेंगे।"

सभी को लेक पर जाने का सुझाव अच्छा लगा। सर्दी की धूप झील का किनारा, पक्षियों की उड़ानें—बत्तखों की तैराकी—झील में पैडल वोट पर पैडलिंग

करते बच्चों को देख भाभी बोलीं—

''मुझे तो लग रहा है मैं 'ऊटी' में पहुँच गयी हूँ। अच्छा ही हुआ मैं आ गयी। लेक कितनी सुन्दर हो गयी है!''

उसने देखा—दोनों बेटे साउथ इंडियन रेस्तराँ के बाहर खड़े सिगरेट फूँक रहे थे—उससे आँखें मिलते ही हाथ से इशारा किया कि 'सब यहाँ आ जाओ। सबने चटखारे लेते हुए इडली-डोसा-साँभर अपनी-अपनी रुचि अनुसार लिया और गर्मागर्म कॉफी से अपने को गर्माया।

मिन्ना की ननद के घर पहुँचने पर पता चला 'उठाला' आर्य समाज मन्दिर में आयोजित है। आवासी परिसर में ही होने की वजह से ढूँढ़ने में दिक्कत नहीं हुई। हॉल में कदम रखते ही देखा कि पंडित जी मंच पर पहुँच रहे हैं। जल्दी से आगे बढ़कर आगे बैठे मिन्ना के नन्दोई—भाई-भाभी और अन्य परिवार जन को नमस्कार किया। अपनी उपस्थिति एक तरह से दर्ज करवायी और दीवार का सहारा लेकर बैठ गये। पिटका और डबला, उसने देखा, वहाँ पीछे दरवाजे के पास ही बैठ गये हैं। पंडित जी ने जैसे ही बोलना शुरू किया, उसने महसूस किया कि वे तो एकदम जीवन के सच को बिना मैलोड्रमैटिक हुए उद्घाटित कर रहे हैं—

'मृत्यु अवश्यम्भावी है—वे मरी नहीं मुक्त हुईं—उस पीड़क रोग से जिसने उनके शरीर को छलनी करके रख दिया था। सच यह है कि जितना जीवन भी बहिनजी ने पाया उसे पूरी ईमानदारी और कर्तव्यपरायणता से जिया—कर्तव्यपरायणता का तो साक्षात् उदाहरण थीं वे। बिस्तर पर पड़ी-पड़ी वे अपनी हिदायतों से घर को व्यवस्थित रखे हुए थीं—पढ़ाती थीं वे—रोग उनके जीवन का अंग था। इसलिए वे छुट्टियाँ लेकर कामचोरी नहीं कर रही थीं। साँस की मशीन लेकर विद्यालय जाती थीं—अगर उदासीन थीं तो काम के प्रति नहीं, अपने आप के प्रति—रोग की परिणति यही होनी थी—उन्होंने तो शान्ति पा ली है और मुक्त कर दिया है पति को भी...।'

'हे प्रभो आनन्ददाता ज्ञान हमको दीजिए' जैसे आर्य समाजी भजनों के स्थान पर उन्होंने कबीर के 'झीनी झीनी रे बीनी चदरिया' और 'रहना नहीं देस बेगाना है' का बहुत ही मीठे स्वर में गायन प्रस्तुत किया और अन्त में सबसे अनुरोध किया कि तीन बार उनके साथ मिलकर गायत्री मन्त्र का जाप करें और फिर शान्ति पाठ से समापन करते हुए परिवारजन से कहा कि वे द्वार पर खड़े होकर शोक-संवेदना के लिए आये मित्र-परिजनों को विदा दें।

बड़ा अचरज हो रहा था कि सब कुछ समय से निपट गया—जैसे हमारे अव्यक्त आदेशों से ही सारा कार्य सम्पन्न हो रहा हो। दीदी ने गाड़ी में बैठते हुए कहा, ''मुझे तो बेटे पर तरस आ रहा था—सबसे बड़ा नुकसान तो उसी का हुआ

है—इस टेंडर एज में माँ का न रहना।''

''किस युग की बातें कर रही हैं दीदी, आज की पीढ़ी को माँ-बाप नहीं, बस फास्टफूड और टी.वी. चाहिए। और सैटल हुए तब माँ-बाप से किनारा तो करना ही है। हमारे दोनों साहबजादे—ब्याहे वाला भी कुँवारा भी बैठै हुए हैं न अमेरिका—फोन भी हम ही करें तो बात करते हैं।''

''मामी बस कीजिए। हमारी जेनरेशन के पीछे क्यों पड़ गयीं? हम ही लाये हैं न यहाँ पर आपको, छोड़िए ये सब, मुझे तो बहुत भूख लगी हुई है। किसी ढाबे पर बैठकर आलू के पराँठे मक्खन के साथ खाते हैं।''

''भई मुझे तो चाय चाहिए, पर ढाबे की कढ़ी हुई चाय मुझसे तो पी नहीं जाएगी।''

''मासी, आपको टी-बैग वाली चाय कर्ण लेक पर पिला देंगे।''

खूब पेट भर लिए गये थे पराँठों से इसलिए बावजूद सर्दी के रास्ते में सब पानी माँग रहे थे। यह तो अच्छा हुआ कि एहतियातन दो बोतलें पानी की गाड़ी में रख ली गयी थीं। हाँ उसे चाय नहीं मिली क्योंकि करनाल तक पहुँचते अँधेरा होने लगा था और सबको लग रहा था घर समय से पहुँच लिया जाए। आज तो वह यह शिकायत भी नहीं कर रही थीं, 'बेटे, गाड़ी जल्दी नहीं चला।' दीदी के घर पहुँचे तो आठ बज गये थे—अपनी गाड़ी में बैठे—सात से आठ का वक्त सड़कों पर भीड़ का होता है। घर पहुँचने में एक घंटा लग गया। भाई हमारा इन्तजार ही कर रहे थे। बोले—

''सुबह से निकली हुई हो। थक गयी हो—चाय के लिए कैटल लगा दूँ?''

''थके कहाँ, हमें तो मज़ा आ गया...'' कहते-कहते वह रुक गयी। उसकी आँखों के सामने कफ़न के पैसों से शराब पीते और चिखौना खाते प्रेमचन्द की कहानी 'कफ़न' के घीसू और माधव खड़े हो गये थे और वह बे-आवाज़ रो रही थी।

मैं क्यों रोऊँ

वह टीवी इतना देखती नहीं जितना लगा रहने देती है। आज भी टी.वी. पर स्लीप लगाकर वह लेट गयी थी। लेटते ही आँख झपक गयी थी। कुछ आवाजें सुनी थीं उसने।

बाहर कहीं लड़ाई। उसी का हो हल्ला। कहीं चोरी या सपना?

आँखें खोलीं—टीवी तो बन्द हो चुका था। नहीं सपना तो नहीं था। अब भी आवाजें जारी थीं घड़ी देखी। एक बज रहा था।

वह बाहर निकल कर देखे—उसने सोचा। ''जाने दे''—उसने अपने आपसे कहा।

धोबी शराब पीकर अक्सर पत्नी से झगड़ा करता है। उसे गालियाँ देता है। आज भी पीता रहा होगा। धोबन ने खाना नहीं दिया होगा। उस चीख-चिखौव्वल से उसने ध्यान फेर लिया और करवट लेकर सो गयी।

सुबह अलार्म बजने से पहले ही वह उठ गयी थी पाँच बज रहे थे। उजाला होने से पहले ही वह सैर के लिए निकल जाती है । धोबी की झुग्गी के पास वह ठिठकी। धोबी का धेवता रुआँसा मुँह लिए रेहढ़ी के पास खड़ा था। इतनी सुबह-सुबह बच्चा जगा हुआ है। उससे दो-चार साल बड़ी उसकी बहन चूल्हे पर शायद चाय बना रही थी। उससे रहा नहीं गया, पूछा—''क्या हुआ बेटा?''

कुछ जवाब देने से पहले वह सकपकाया हुआ-सा एकटक उसे देखता रहा फिर बोला—

''डैडी? रेल के नीचे कट गये?''

'डैडी? पर तुम्हारी माँ तो...तुम अभी गोद के बच्चे थे जब तुम्हारी बहन के साथ यहाँ आ गयी। यही रट लगाती कि वह पति के पास नहीं जाएगी—वह उससे तलाक ले लेगी।' वह बच्चे को नहीं अपने आपको सुना रही थी।

उसकी शादी पर वह भी एक सौ एक रुपये शगुन डालकर आयी थी।

लड़की दूर मुम्बई में जा रही है। दूल्हा भी हीरो जैसा सुन्दर है। अपनी लाउंड्री है। सबने उसके भाग्य की सराहना की थी। सोचते-सोचते वह बाग की तरफ बढ़ रही थीं। रेहढ़ी पर अधलेटा शराबी बाप बड़बड़ा रहा था—

'दो साल पहले भी मनाने आया था सतीश...हराम की जनी से यह न हुआ उसका कहना मान ले—चली जाय उसके साथ उल्टा उसके साथ जबान लड़ा रही थी...।'

'तेरे साथ चली चलूँ और बच्चों को पैदा करने के लिए यहाँ भागूँ—दूर हो जा मेरी आँखों से, नहीं तो थाने में जा मैं तेरी काली करतूतें कह दूँगी। बस तू यहाँ से हट जा, मेरा पीछा छोड़।'

सतीश फिर भी हाथ जोड़ इससे कह रहा था, 'देख मान जा नहीं तो मैं अपनी जान दे दूँगा।'

पर यह पट्ठी बक रही थी—'अरे तेरे जैसे अपनी जान देते नहीं दूसरों की जान लेते हैं।'

धोबी को अपने आप से बात करते सुनती वह आगे बढ़ गयी। झुग्गी के मोड़ पर बड़े घर के चबूतरे की सीढ़ियों पर औरतों का झुंड बैठा फुसफुसा रहा था—

'पति के पास जे तो न रहती थी पर बच्चों का पिता तो था—रात की रात में चेहरे का सारा नूर ही चुक गया। पर बड़ी पक्की है छोरी, थाने में सरीर को देख, न जरा पसीजी, न एक कतरा आँसू ही इसने बहाया। अब अस्पताल में लहास तो चीरफाड़ के बाद ही मिलेगी पर, जे वां न गयी, सीधे घर लौट आयी।'

फुसफुसाती पर साफ आवाजों को सुनती वह बाग की तरफ बढ़ रही थी।

वहीं गली में बिजली के खम्भे को पकड़े उस नीरवता में जोर-जोर से हँसती। देखने वालों के मन में डर पैदा करती उर्मिला को उसने देखा। पीछे-पीछे धोबन उसको देख उससे बोली—

'देखो न पागल हो गयी है—इससे अच्छा तो था रो लेती।'

'क्यों रो लेती? क्यों रोती? क्यों रोती?' जोर-जोर से दोहराती उर्मिला प्रलाप-सा कर रही थी—'उसने तो मेरा तन-मन कुचल कर रख दिया...जिन्दा जी मार डाला पर बच्चों को तो पालना है। जिन्दा होता तो उससे पूछती—'मालूम चला कुचले जाने पर कैसा दर्द होता है...।' और वह पगलाई-सी हँसी हँस रही थी।

वह बाग के गेट पर पहुँच गई थी, पर उर्मिला की हँसी उसका पीछा कर रही थी। सुबह की ठंडी हवा के झोंके के साथ मिलकर यह हँसी उसे भी भीतर तक सुन्न

कर रही थी।

पाँव में कुछ गिलगिला-सा लगा उसे। अपनी चेतना में आ नीचे देखा कुत्ते के—नन्हें-नन्हें पिल्ले एक-दूसरे पर चढ़े सामीप्य से ऊष्मा खींचते सो रहे थे। उसके पाँव के छूने की हल्की सी कें-कें की और सो गये। उसने अपने को फटकारा, उन्हें पुचकारा और पार्क की पथरीली पगडंडी पर आ गयी।

वह सैर-पथ पर चल रही भी, पर मन तो उर्गिला की दुनिया में ही खोया हुआ था। कोई भी औरत थोड़े किये अपने वैवाहिक सम्बन्ध को तोड़ना नहीं चाहती। जरूर इसके साथ कुछ अघटित ही घटा होगा जो यह इतना बड़ा निर्णय ले पायी। इसके सामने अपने और अपने बच्चों के जीने-मरने का प्रश्न ही आ खड़ा हुआ होगा।

उसे याद आया—दो-दो छोटे बच्चों के लिए बम्बई के घर से भागकर दिल्ली लौटी थी तो धोबन घर-घर अपनी बेटी का रोना रोते खुद भी बेहाल हुए कह रही थी—

"अरे बीजी बेटी बच गयी मेरी तो—भला हो इसके जेठ-जेठानी का जिन्होंने अपने पैसों से दिल्ली की टिकट ले इसे गाड़ी पर चढ़ा दिया। वरना वहाँ तो यह मर-मरा जाती। इसके भर्तार का क्या जाता, खतम तो मेरी बेटी होती ना।"

बार-बार दोहराती वह अपने आप में आश्वस्त कर रही थी कि बेटी मरी नहीं, उसके पास है।

और उसके पाँव पार्क के चक्कर लगा रहे थे पर उसका दिमाग बम्बई में घूम रहा था।

—आखिर क्या हुआ होगा?

—शराब तो इनकी जाति-बिरादरी में सभी पुरुष पीते हैं।

—औरतें घरों में इस्त्री करती हैं और इस्त्री करके जो कमाती हैं पति अक्सर उन पैसों को छीन कर शराब और मांस खाने में बरबाद कर देते हैं।

—शराब पीकर छीना-झपटी, मारपीट तो आम बात है इनके घरों में बचपन से ही यह सब होता आया है। औरतें इस तरह के जीवन की अभ्यस्त हो जाती हैं और गालियाँ-वालियाँ देकर शान्त हो जाती हैं और अगली सुबह फिर गृहस्थी के काम-काज में लग जाती हैं। पति देर तक सोते हैं। कुछ संवेदनशील हुए तो सुबह प्यार जता माफी माँग लेते हैं और अगर चालाक हुए तो अपने को बीमार बना औरतों के श्रम से अर्जित पैसों को पाने की भूमिका बना लेते हैं।

संस्कारों की कैद में औरत सबकुछ सहती ही जाती है। वह रो-धो लेगी। पति का गुस्सा बच्चों पर निकाल लेगी। अपने भाग्य को कोस लेगी, पर विवाह

को नहीं तोड़ना चाहेगी।

फिर क्या हुआ होगा, जिससे इसका अस्तित्व इसकी आत्मा इतनी आहत हुई कि उर्मिला बच्चों को लेकर जान बचाकर भागी। जान बची या नहीं, यह तो उर्मिला ही जाने।

और उसकी आँखों के सामने फिल्मी दृश्य चलने लगता है। हाँ, इसका पति ही खलनायक बन गया होगा, अपने टुच्चे स्वार्थ के लिए, अपनी इच्छाओं की पूर्ति के लिए इसे पहले अपने मित्रों के आगे परस दिया होगा और फिर अपनी ही पत्नी की देह के धन्धे का दलाल बन गया होगा। उर्मिला इसे स्वीकार न कर पाई होगी। भले जेठ-जेठानी ने इसको बचाने के लिए इसका साथ दिया और दिल्ली भेज दिया।

वह चलते-चलते उस घटना को बुनने की कोशिश कर रही है, पर आँखों के सामने आ जाती है गाड़ी वाली दुर्घटना। पर गाड़ी के चक्कों तले दबा हुआ पुरुष शरीर नहीं, उर्मिला है जिसकी आँखें दहशत से बाहर निकली हुई हैं। कटे हुए होठ, कुचला हुआ धड़ और उसके कुचले जिस्म से चिपके दो बच्चे और रेलगाड़ी के चलने की आवाज में गूँजती उर्मिला की विक्षिप्त हँसी के साथ निकलते शब्द—मैं क्यों रोऊँ? बच्चों को तो पालना है।

जिन्दा तो रहना पड़ेगा।

मुफ़्ती माल

घर पर आज बिल्कुल अकेली थी। यूँ मेरी छुट्टी थी। सोचा था दिनभर आराम करूँगी पर खाना खाकर लेटी ही थी कि घंटी बजी। गुस्सा आता है ऐसे में। बाल्कनी में से झाँका। ऐसा लगा कोई महिला खड़ी है। आवाज देकर पूछने का मन नहीं हुआ कि कौन है और मैं सीढ़ियों से नीचे दरवाजे पर आ गयी। लकड़ी वाला दरवाजा खोला। जालीदार दरवाजे में से पहचानने की कोशिश की पर कुछ समझ में नहीं आ रहा था। कोई पुरानी छात्रा... अनिश्चित मन से कुंडे पर हाथ तो चला गया था अभी पूरी तरह से दरवाजा खोला भी नहीं था कि अपने हाथ से उसे पूरा खोल भीतर आ उसने गले से लगा लिया। मैं सिकुड़ सिमट रही थी। गले मिलते हुए मुझे अजीब-सा लगता है। वह मेरा हाथ पकड़ सीढ़ियों पर ऐसे चढ़ रही थी जैसे मेरा घर मेरा न होकर उसका हो। बेटे का ध्यान आ रहा था। उसकी सख्त हिदायत कानों में गूँज रही थी—"बिना पहचाने किसी के लिए भी दरवाजा मत खोलो—आप जैसी 'सींखची' का तो कोई महिला भी गला घोंट सकती है।" अकेले होने पर डर से विविध आशंकाएँ मन को घेर लेती हैं। मन में सोचा अच्छा किया नीचे का दरवाजा बन्द नहीं किया। बाहर सड़क पर आते-जाते लोग नजर पड़ रहे हैं—मन ने अपने को तसल्ली दी और मैं जान-बूझकर उसके पीछे हो गयी। सीढ़ियों से सीधे हम ड्राइंगरूम में ही पहुँचते हैं, उसने पीछे मुड़कर देखा—"अरे आप अभी सीढ़ियों में ही खड़ी हैं? लगता है आपने मुझे पहचाना नहीं। आपका घर तो बिल्कुल वैसा ही है। बस लोहे का दरवाजा तब नहीं था। आप भी तो बिल्कुल नहीं बदलीं। पन्द्रह सोलह साल बाद भी आप मुझे वैसी ही लग रही हैं।"

मुझे लगा इस तरह की बातें कर ये सम्मोहित कर लेती हैं। समझ में नहीं आ रहा था कि क्या करूँ। पहचान पा नहीं रही थी कि मुझे मुक्त करती हुई सी वह बोली—"फ्रिज वहीं होगा न? पहले मैं पानी पी लूँ...आप पिएँगीं?"

मैं सचमुच घर से बाहर हो गयी थी और सारे अधिकार उसने अपने हाथ में ले लिये थे। एक स्टील का गिलास और काँच का गिलास ट्रे में रखकर मेरे सामने आ काँच का गिलास मुझे पकड़ाती कहने लगी, "अभी भी नहीं पहचाना! मैं हूँ 'हल्लीमाँ'। याद है, आपने मेरा नाम हेमा कर दिया था—हम दो-तीन लड़कियाँ आपके घर आती थीं—अनीता-लक्ष्मी-जहाँआरा—यही मौसम रहा होगा। आपका भाई आपको खूब सारे रसगुल्ले देकर गया था। आपने हम सबको दो-तीन दिन लगातार रसगुल्ले खिलाये थे। रसगुल्ले खत्म होने पर उसके रस को चाय में डाल हमें खूब मीठी चाय पिलायी थी। अनीता तो एक दिन चाशनी ही पी गयी थी और आपने उसे डाँटते हुए कहा था, 'मरी बीमार हो जाएगी ऐसे केवल रस नहीं पीते हैं' और हम बस हँस दी थीं तो आपने खीझते हुए कहा था, 'हेमा, बस तू अकेली आया कर, सबको उठा कर यहाँ मत लाया कर' तो जहाँआरा जो बिल्कुल नहीं बोलती थी धीमे से बोली थी—'फिर हम चाय कहाँ पिएँगे, कौन पिलाता है चाय आंटी!"

मैं पन्द्रह साल पीछे लौट याद कर रही थी—सर्दी के दिन थे, काम करने वाली छुट्टी लेकर दक्षिण अपने घर जा रही थी। और अपने स्थान पर 'हल्लीमाँ' को रखवा गयी थी—यूँ सर्दी के दिनों में नयी काम करने वाली का मिलना मुश्किल होता है। पर उन्हीं दिनों मध्यप्रदेश के आदिवासी इलाकों और बांग्लादेश से आये काम करने वालों की वजह से काम करने वाले आराम से मिल रहे थे। शाम को सबसे बाद में मेरे घर आने की वजह से इकट्ठा वापस लौटतीं ये लड़कियाँ, अक्सर मेरे घर आ धमकती थीं। मुँह की चटोरी ये लड़कियाँ थोड़ा बहुत खिला-पिला देने से छोटे-मोटे बहुत से काम कर देती थीं। इन लड़कियों को देखकर मुझे उमरावजान फिल्म की रेखा याद आ जाती थी : सीधी-सादी, भोली-भाली खिलती हुई कलियाँ। इन्हें देख मेरे मुँह से निकलता था—"हे भगवान इन्हें दुनिया की कुदृष्टि से बचाना।"

"आंटी भैया कहाँ है? अब तो वह बड़ा हो गया होगा..."

हाँ, यह हेमा ही है बोलना शुरू होती थी तो चुप होने का नाम ही नहीं लेती थी और जाते हुए कहती थी—"एक कप चाय पिला दो न आंटी, बनाऊँ अपने और आपके लिए?"

मैं मुस्करा कर कह देती थी—"टी-पॉट में बनाएगी मेरे जैसी तो मैं भी पी लूँगी।"

"भैया कहाँ है आंटी? वह तो बड़ा अफसर बन गया होगा," मुझे वापस आज की दुनिया में लाते हुए वह फिर पूछ रही थी।

"भैया वकील बन गया है अपने केस के सिलसिले में दिल्ली से बाहर गया हुआ है।"

"वकील...यह तो बहुत ही अच्छा हुआ।" वह सचमुच खुश दिख रही थी।

"तू तो बहुत मोटी हो गयी है। पूरी सेठानी लग रही है! अपने बारे में मुझे न बताती तो मैं तुझे कभी न पहचान पाती। ...तेरी शादी तो हो गयी होगी?"

"हाँ, शादी तो तभी हो गयी थी, आपको सब बताऊँगी। हो क्या गयी थी मैंने शादी कर ली थी।"

मुझे याद आया एक सुबह वह काम करके गयी थी पर शाम को नहीं आयी थी। अगली सुबह भी नहीं आयी थी। एक दिन गुजरा, दो दिन गुजरे, तीन-चार दिन बीत गये थे कि एक शाम अनीता मुझे दिखाई दी थी। पूछने पर उसने बताया था, "हेमा घर से भाग गयी।"

"क्या तू सचमुच घर से भाग गयी थी? तेरी तो माँ विधवा थी, दो छोटे भाई बहिन थे जिन्हें सुबह तैयार करने की वजह से तू मेरे घर पहुँचने में देर कर देती थी।"

"सब बताऊँगी आंटी, पर आप क्या पहले मुझे चाय पिलाएँगी?" वह पुरानी हेमा बनी कह रही थी।

"हाँ क्यों नहीं," कह मैं उठी तो उसने मुझे बैठाते हुए कहा, "नहीं, आप बैठिए, मैं बनाकर लाती हूँ।"

सिंथेटिक साड़ी में रसोई में जाने से मैंने उसे रोक दिया था, "नहीं, आज तुम मेरी मेहमान हो—मैं बनाती हूँ चाय।"

वह भी मेरे पीछे-पीछे चली आयी थी—मिक्सड चाय बनाने लगी तो वह बोली, "नहीं आंटी, आप अपनी वाली ही चाय बनाओ"। मेरे हाथ से चाय की ट्रे पकड़कर उसने डाइनिंग टेबल पर रख दी थी। कुर्सी पर बैठते हुए वह हिचकिचायी थी पर मैंने हाथ पकड़ कर उसे बैठा दिया था। चाय का कप जैसे ही मैंने उसे पकड़ाया वह रोने लगी थी फिर अपने आँसू पोंछ खिलखिला पड़ी।

"तुम इतने साल कहाँ रहीं? कभी शक्ल भी नहीं दिखायी। मिठाई खिलाने तो आ जातीं!"

"सच बताती हूँ आंटी। समझ में नहीं आ रहा कहाँ से शुरू करूँ। आंटी, मेरी बेटी ग्यारहवीं में आयी है, उसे अपने कॉलेज में दाखिल कर लोगी न?"

"उसके कॉलेज पहुँचने में अभी दो साल और लगेंगे—कॉलेज की बात छोड़ कुछ और बता...?

''आंटी मैं आपके अलावा किसी और को नहीं जानती। मेरी बेटी भी बहुत भोली और सीधी है। आपके अलावा मेरा और कोई नहीं। मुझे तो बस आपका ही भरोसा है।

''आंटी आप जानती ही होंगी कि मेरे पास आपके अलावा दो काम और थे। आपका काम खत्म कर आपके घर के पास जो ऑफिस वाला फ्लैट था वहाँ झाड़ू-पोंछा करती थी, फिर दूसरे मोहल्ले में पापा जी के घर जाती थी। पापा जी के घर के तो सभी काम मैं ही करती थी। खाना बनाना, कपड़े धोना। उनका आदेश था कि खाना उनके लिए नहाकर ही बनाऊँ। बाथरूम तो उनके दो थे पर वे मुझे कहते थे, 'तू मेरे ही बाथरूम में नहा लिया कर'। मैं खूब देर-देर लगाकर नहाती। उनके खुशबूदार साबुन और शीशियों में पड़ी खुशबुओं को अपनी शरीर पर उँडेल अपने ही शरीर से आती खुशबू में मस्त हो जाती थी। पापा जी मुझे बहुत प्यार करते थे। चटोरी तो मैं थी ही, अपनी दुकान से वे मेरे लिए चॉकलेटें लाते। कभी खिलौनों जैसे बिस्कुट...'' बोलते-बोलते हेमा चुप हो गयी जैसे कुछ कहना चाहते हुए हिचकिचा रही हो। फिर अपने पैरों की तरफ देखते हुए बोली, ''किचन में रोटी बनाने के लिए जाती तो अक्सर चुपचाप मुझे पुचकारते हुए, 'मेरी गुड़िया-मेरी गुड़िया' कहते हुए पापा जी मुझे अपनी बाँहों में भर लेते, पीछे से मुझसे चिपट जाते। उनकी लम्बी उसाँसों से मुझे डर भी लगता था। इस पर भी मेरा मन उनका काम छोड़ने को नहीं चाहता था। उनका घर मुझे अपना घर लगता था। काम खत्म होने के बाद उनके घर टी.वी. देखती रहती। अपनी छुट्टी वाले दिन तो पापा जी मुझे पलंग पर अपने पास बिठला लेते, कहते, 'आज तो मैं अपनी गुड़िया को अपने हाथ से खाना खिलाऊँगा।' छोटे बच्चों की तरह से मुझे चूमने लगते और फिर न जाने कैसे-कैसे मुझे देखते और मैं जोर से हँस पड़ती थी। एक दिन तो टी.वी. देखते-देखते उन्होंने मुझे दबोच लिया। यह कहते-कहते कि अरे तेरे गाल पर तो कुछ काला-काला लगा हुआ है। उसे अपने हाथ से हटाने के चक्कर में वे मुझसे चिपटते गये, फिर अपनी गोदी में डाल गालों को सहलाते रहे...फिर मेरी छाती पर हाथ रख बोले—तेरी कमीज तो गीली हो रही है! जा मेरी अल्मारी में से मेरा कुर्ता निकाल कर पहने ले। इससे पहले कि मैं कुछ कहूँ या वहाँ से हटूँ, उन्होंने मेरी कमीज को खींच दिया—'गुड़िया, तू डर नहीं—मैं तुझे कुछ नहीं कर रहा...तू कितनी सुन्दर है...तू कितनी प्यारी है! बस तुझे ही तो देख रहा हूँ...' फिर सहलाते रहे मुझे...चूमते रहे मुझे। मैं डरी हुई थी या भौंचक्क, पर मैं चीखी चिल्लाई नहीं थी। कुछ गलत हो रहा है मैं समझ रही थी, पर रोने के बदले खी-खी कर के हँसने का मन हो रहा था मेरा...।

दोपहर उनका काम निपटा मैं आपके घर शाम का काम करने आती थी। वही दिन था मैंने उनसे कहा था मैं आज आंटी के घर नहीं जा सकती।

"मैं अपने घर भी नहीं जाऊँगी। पापा जी, आप मुझसे शादी करो।"

शादी के नाम से वे मुझे घूरते रहे और बोले, 'इस दैत्य को बरदाश्त कर लेगी? उनकी चीरती निगाह से मैं डरी थी पर जवाब दिया था, 'हाँ' क्योंकि मैं जानती थी कि एकाध साल में मेरी माँ अपनी बिरादरी में किसी शराबी कबाबी से मेरी शादी कर देगी जो और मर्दों की तरह से मुझे पीटेगा, इससे अच्छा था मैं पापाजी के यहाँ शान-शौकत से रहूँ इतनी समझ मुझमें उस समय आ गयी थी।

पापा जी ने मुझसे आर्य समाज मन्दिर में भाँवरें ले ली थीं। चोरी-छिपे माँ भी उसमें शामिल हुई थी पर उसने बिरादरी में घुमा दिया था कि बेटी या तो भाग गयी या कहीं मर गयी। पुलिस में शिकायत उसने नहीं की क्योंकि बिरादरी वाले तो पता चलने पर पापा जी को मार ही डालते।

पापा जी मुझसे कहते, 'गुड़िया अब तो मुझे पापा जी मत कहा कर' पर मैं उन्हें चिढ़ाती—'पापा जी पापा जी'।

पापा जी मुझे अपनी बेटी के पास मुम्बई ले गये थे। वहाँ जाकर मुझे बहुत डर लगा। पतली-बुदली नकचढ़ी मेम साहब-सी उनकी बेटी सिर से पाँव तक मेरा परीछन कर रही थी। देख जाँचकर धीमे से बोली थी—'यह आपने अच्छा नहीं किया।' उत्तर में खिसियाये से पापा जी बोले थे—'अरे इसे तो मैं तुम्हारे काम करने के लिए लाया हूँ।' सुनकर रोनी-सी आवाज में मैं चीख पड़ी थी—'मैं काम करने वाली नहीं, पापा जी की बीवी हूँ।' पापा जी मुझे समुद्र किनारे घुमाने के लिए ले गये थे पर मुझे समुद्र देखने का कोई शौक नहीं था। मैंने शुक्र किया था जब वे मुझे साथ लेकर दिल्ली लौट आये थे।

शादी के दो साल के अन्दर-अन्दर मेरी बिट्टो हो गयी थी।" और बिट्टो का नाम लेते ही वह अपने मूल राग पर आ गयी थी, "आप उसे अपने कॉलेज में दाखिल कर लेंगी न! मेरी बिट्टो बहुत शर्मीली है, अँग्रेजी भी जानती है। पापा जी ने इसे मोहल्ले के सरकारी स्कूल में दाखिल करवा दिया था। पढ़ने में अच्छी है पर बोलती बहुत कम है—पर इससे भी बड़ी वजह है जिसके कारण मैं आपके पास आयी हूँ। तीन-चार महीने पहले पापा जी की साँस बन्द हो गयी। मेरे तो हाथ-पाँव फूल गये थे—बिट्टो ने ही किरायेदारिन जो हमारे बरसाती में रहती है उससे उनकी बेटी को फोन करवाया था। बेटी आयी तो थी पर दाह-संस्कार के बाद कुछ कहे या हमारा दुःख सुने वापस चली गयी थी। आंटी, मुझे तो कुछ भी पता नहीं है कि पापा जी के पास क्या है क्या नहीं है। पापा जी ने कभी कुछ बताया

ही नहीं। मुझे और मेरी बेटी को अच्छे से रख रहे थे और मैं इसी में बहुत खुश थी। मैंने यह तो कभी सोचा ही नहीं था कि पापा जी हमें ऐसे बिल्कुल असहाय करके छोड़ जाएँगे। यह तो किरायेदारिन अब हर महीने जो कुछ दे रही है उससे घर चल रहा है।''

''तेरे पास शादी का सर्टिफिकेट है?'' मैंने उसे रोकते हुए पूछा।

''सर्टिफिकेट! न तो!! पापा जी ने न कुछ दिया न बताया!!! अब हमारा क्या होगा। बिट्टो की मुझे चिन्ता है, आंटी। किरायेदारिन का डरेवर है या मरद मुझे पता नहीं, मेरी बिट्टो की तरफ देखता रहता है। उससे कहता है, 'चलो तुम्हें स्कूल छोड़ आऊँ,' बिट्टो भी अक्सर उनके घर पहुँची होती है। आवाज लगाऊँ तो कभी ऊँचा न बोलने वाली मुझ पर चिल्लाने लगती है। समझ में नहीं आता किरायेदारिन के पास जाकर उससे शिकायत करूँ या पुलिस के पास जाऊँ पर मुझे खुद को पुलिस से डर लगता है। किरायेदारिन के घर पर तो बहुत से लोग आते जाते हैं—उसकी तो पुलिस वुलिस सबमें बहुत पहुँच है। मैं ही असहाय हूँ...।

आंटी, अपनी कीमत देकर मैंने यह जिन्दगी हासिल की है। अपनी बेटी के लिए मुझे बहुत डर लगता है...आंटी, हमें बचा लीजिए। आज भी आपके घर मैं सारा काम करने के लिए तैयार हूँ। हमें बचा लेंगी न आंटी?''

नज़रबन्द

सुबह उसकी आँख खुली तो खिड़की से झाँकते नजर अशोक पर टिक गयी। लगा हिल-हिल कर पत्ते उसे बाहर आने के लिए आमन्त्रित कर रहे हैं। उसे अच्छा लगा। खिड़की पर लगे पर्दों को उसने पूरी तरह से खोल दिया। नीचे फ्लैट्स के साझे लॉन में कुत्ते को घुमाने लायी युवती को प्यार से कुत्ता कभी अपनी तरफ खींच रहा था। कभी चाट रहा था। उसकी आँखों के सामाने रात के टी.वी. कॉमेडी शो का व्यंग्य घूम गया—

'राजकुमारी को पढ़ाने के लिए शिक्षक रखा गया है पर ऐंठू और गुस्सैल राजकुमारी है कि पढ़ती ही नहीं!' शिक्षक राजा से शिकायत करता है। गुस्से में राजा बेटी को डाँटते हुए कहता है, 'अगर तू पढ़ेगी नहीं तो मैं तेरी शादी रामू धोबी के गधे से कर दूँगा।' यह खबर रामू धोबी के गधे तक पहुँचती है। गधा उल्लसित होकर सोचता है, 'अब मुझे धोबी चाहे कितना मार ले, कितना ही शोषण कर ले पर मैं इसका साथ छोड़कर नहीं जाऊँगा क्योंकि यहाँ मेरे चानसेज बहुत ब्राइट हैं।'

गधा बने अभिनेता के संवाद से उनकी हँसी छूट पड़ी थी पर एक टीस भी उठी मन में—मर्द के नाम पर एक गधा ही पास होता?

आज उसका साठवाँ जन्मदिन है। जब तक माँ जिन्दा थी वह अधेड़ होकर भी बच्ची बनी रही। माँ धूमधाम से उसका जन्मदिन मनाती, सुबह खीर या हलुवा बनाती और शाम को उसकी मित्रों के साथ खुशी में गीत गाती। घर पर बनाये पकवानों को खिलाने के साथ केक कटवाना भी नहीं भूलती। मित्रों के लाये फूलों से सारा ड्राइंगरूम भर जाता। उत्सवी वातावरण में अपनी बढ़ती उम्र का उसे कभी आभास ही नहीं हुआ, उसकी चेतना में तो निरन्तर 'मलिका पुखराज' के गाये गीत के बोल गूँजते रहते थे,'अभी तो मैं जवान हूँ'। पचास साल की हो गयी—दस साल हो गये माँ को संसार से गये पर आज भी कॉलेज से पढ़ाकर लौटती है तो माँ की फोटो के इर्द-गिर्द फूलों को लगा देती है और उन्हें बताती है कि उसने

अपनी मित्रों को ट्रीट दी है—जन्मदिन मनाया है। एक ठंडी साँस भर वह उठ ही रही थी कि तैयार होकर कॉलेज जाय कि घंटी बजी, काम करने वाली थी सामने, कह रही थी कि 'नीचेवाली माता जी मर गयीं।'

एक बार फिर उसके पैरों से जान निकल गयी पर 'नीचे तो जाना ही होगा' उसने सोचा और मुँह धोया, सलवार-कमीज पर नया दुपट्टा लिया और नीचे चली गयी। आधा घंटा वहाँ बैठी। गायत्री मन्त्र का कैसेट धीमी-सी आवाज़ में वहाँ लगवाया और अपने घर लौट आयी। यह तो अच्छा है आज उसकी लेट क्लास है। मन बहुत उदास हो गया था। यूँ उसकी कोशिश होती है कि जन्मदिन को खुश रहे—माँ की फोटो को सामने रख लेती है जैसे माँ कहीं न जाकर साथी ही हो, पर नीचेवाली माता जी के जाने से ऐसा लगा जैसे वर्ष के पहले ही दिन बिल्ली सुबह-सुबह रास्ता काट गयी। उसने देखा बाहर बारिश शुरू हो गयी थी। जन्मदिन में मृत्यु का अवसाद घुल गया था। उसने फोन उठाया, कॉलेज का नम्बर मिलाया और सूचित किया कि वह आज कॉलेज नहीं जाएगी।

कुछ भी काम करने का मन नहीं हो रहा था। निढाल-सी वह बिस्तर पर पड़ गयी। कब उसे नींद आ गयी उसे पता नहीं। निदियाहट में उसे लगा जैसे कोई घंटी बज रही है। दरवाजा थपथपाया जा रहा है। वह उठी और दरवाजे पर आयी। लकड़ी वाला दरवाजा खोला, देखा—लोहे के दरवाजे के पार उसका ही कोई विद्यार्थी खड़ा है। उसने दरवाजा नहीं खोला। वह छात्र बन्द दरवाजे से ही कह रहा था—

"मैम, आप पिछले हफ्ते यूनिवर्सिटी क्लास लेने नहीं आयीं। आपके कॉलेज से होकर आ रहा हूँ, वहीं से पता चला आप कॉलेज भी नहीं गयीं। मैम, आपको मालूम है, हम सब आपको कितना चाहते हैं—कितना अच्छा पढ़ाती हैं आप—आपकी क्लास के लिए पूरे छह दिन इन्तजार करते हैं हम!"

छात्र लगातार बोलता जा रहा था। उसने तटस्थ-सी आवाज में उत्तर दिया, "धन्यवाद! पर इस वक्त मैं सैडटिव के प्रभाव में हूँ। दरवाजा नहीं खोल रही। अगले सप्ताह क्लास लेने आऊँगी।" कहते हुए लकड़ी का दरवाजा बन्द किया और भीतर आ गयी।

जब तक माँ जिन्दा थी उसके घर में उसकी कलीग्स विवाहित भी और अविवाहित भी छात्र-लड़के लड़कियाँ सभी आते रहे। उसका घर सबका प्रिय अड्डा था। कविताएँ पढ़ी जातीं। साहित्य पर बहसें होतीं। घर खाली रहता ही नहीं था। माँ-बेटी का बहुत बड़ा परिवार बना हुआ था। वह व्यस्त थी, बहुत व्यस्त। उसे कभी ध्यान ही नहीं आया था कि वह अकेली है, अविवाहित है। इसके पीछे भी

माँ–बेटी का वह खुला संवाद जिम्मेदार है, जिसने उसकी जिन्दगी में धीरज और संयम भर दिया।

पिता की मृत्यु से पहले वह अपने भाइयों के साथ, सब नोएडा रहते थे। बड़े भाई की शादी हो चुकी थी। छोटे भाई का अफेयर एक लड़की से चल रहा था। उसके लिए भी लड़के देखे जा रहे थे कि हार्टअटैक से पिता की मृत्यु हो गयी। छोटा भाई अमरीका चला गया। एक दिन माँ ने उससे कहा था, 'तेरे कॉलेज के आसपास एक फ्लैट खरीद लेते हैं, वहाँ मैं और तू अपने ढंग से रह लेंगे। भाई की गृहस्थी व्यवस्थित है ही।'

और वे दोनों कॉलेज वाली कालोनी के इस फ्लैट में आ गये थे। माँ ने स्टडी में ही एक छोटा-सा मन्दिर बनाया था। वहीं एक दिन हाथ जोड़कर कह रही थी—

''भगवान तेरी कृपा बनी रहे। यूँ छिट-पुट तन का सन्ताप और मन का सन्ताप तो चलता ही है पर धन्यवाद तेरा, तेरी दया से सारे दायित्व पूरे हुए।''

वहीं कुर्सी पर बैठी वह सब सुन रही थी। चेहरे पर एक कुटिल मुस्कान आयी थी। माँ को तंग नहीं करना चाहती थी पर वह अपने आपको रोक नहीं पायी थी। उसने माँ से प्रश्न किया था—

''माँ, जो कह रही हो सच कह रही हो? क्या सभी दायित्व पूरे हो गये तुम्हारे! मैं...।''

उसे कुछ कहने की जरूरत नहीं पड़ी थी। माँ बहुत समझदार और ग्रहणशील थी। उसके पास बैठते हुए उसने कहा था—

''तू मेरे अन्तस को क्या जाने। तुझे मात्र निपटाना तो नहीं कि कहीं भी तुझे फेंक देती। जाटों में तेरे जितना पढ़ा हुआ लड़का कहाँ से लाऊँ! तू एम.ए., पी-एच.डी., और फिर दिल्ली जैसी बड़ी यूनिवर्सिटी में पढ़ा रही है। बेटे, अपने से कम पढ़े-लिखे पुरुष के साथ गुजारा करना आसान नहीं होता। अब तो बस यही दुआ करती हूँ कि मैंने अगर कुछ पुण्य किए हुए हों तो उनका फल भी तुझे लगे। भगवान जो करेंगे अच्छा करेंगे। तू अपने समय और स्थिति के सच को स्वीकार कर अपने साथ आनन्दपूर्वक जीना सीख ले।''

अपनी चेतना में वह समय की सचाई को और वर्तमान स्थिति के यथार्थ को स्वीकार कर रही थी पर मन का उलझाव तो दूर नहीं हो रहा था। देह की माँग रात के अँधेरे में सपनों की दुनिया सजा रही थी। पढ़ाती वह राजनीति शास्त्र थी पर रुचि साहित्य में थी। रात होते ही वह 'महादेवी' के नभ के तारों से संवाद करने लगती। टैगोर का प्रियतम दिल के दरवाजे पर दस्तक देने लगता। वायवी रोमांस की इस दुनिया से सुबह की हवा का जगाना उसे उदास कर जाता। पर

निश्चित दिनचर्या का घेरा उसे अपनी गति में बाँध लेता। आज की भागती-दौड़ती दुनिया में वह देखती कि आज के युवक-युवतियाँ तो बिना विवाह के भी एक साथ रह रहे हैं। कहीं मन को ठेस लगती पर तभी उनके जीवन की अनिश्चितता और विषम आशंकाग्रस्त स्थिति को सोच अपने को तसल्ली दे लेती कि उसका जीवन तो बहुत सुरक्षित है। अपनी विवाहित महिला मित्रों के बारे में सोचती कि वे नकेलों में नथ डाले कोल्हू का बैल बनी बूढ़ी हो रही हैं पर वह तो चिर युवती है। यह भाव उसे आश्वस्त करता। इस आश्वस्ति में शीशे में प्रतिदिन देखी जाती सच्चाई को भी नहीं देख पाती थी।

ऐसे में माँ की मृत्यु ने उसको आसमान की ऊँचाइयों से धरती पर ला पटका। मेले में खोई हुई एक अकेली अधेड़ औरत। नोएडा वाले भाई उसे अपने साथ ले गये। चली तो वह गयी पर उसकी रिक्ति तो वहाँ और बढ़ गयी थी। रोना चाहती पर सबके सामने खुलकर रो भी न पाती। तभी उसने फोन करती भाभी को सुना था—"और कहाँ जाएगी! हमारे पास ही तो रह रही है।"

उसके स्वावलम्बी माँ के बनाये आत्म-निर्भर स्वाभिमानी व्यक्तित्व को ठेस लगी थी। उसने अपने आप को समेटा और कॉलेज का बहाना बना वह अपने फ्लैट में आ गयी थी। कॉलेज ज्वॉयन किया पर वहाँ की भीड़ में उसका अकेलापन और रिक्ति और उभर आये। दो तरह की प्रतिक्रियाएँ वह अपने बारे में सुन रही थी—'नितान्त अकेली रह गयी बेचारी।' 'माँ तो बूढ़ी ही थी उन्हें तो जाना ही था। यह तो माँ की मृत्यु पर ऐसे शोक मना रही है जैसे माँ न मरी हो, प्रेमी या पति मर गया हो।'

वह बड़ी हो रही थी, इन आवाजों की सीढ़ियाँ चढ़। वह अपने को समझा रही थी : 'माँ का दुख—उनको खोने की पीड़ा। उसके अभाव केवल उसके अपने भीतर रहने चाहिए।' अब रोना चेहरा लेकर वह किसी के सामने नहीं जाएगी। बाहर से उसने अपने आप को थाम लिया था—पर माँ को खोने की कीमत तो उसे देनी ही है। अपने सामने केवल तकिये पर सिर रखकर और अब वह रो सकती थी खुलकर।

माँ की मृत्यु ने उसे पचास साल की बना दिया था। मैच्यौर, संयत, शान्त, धीरजवाली हँसमुख, सबके दुख में काम आनेवाली पर अपनी ही खींची लक्ष्मण रेखाओं में कैद। सेमिनारों में पर्चे पढ़ने के लिए जाना उसने छोड़ दिया था। पेपर पत्र-पत्रिकाओं में छप जाय तो अलग बात थी। विवाहित जोड़ों वाले मित्रों की दोस्ती से अलग कर लिया अपने आपको ताकि सामाजिक आँख का बिना बात निशाना न बन जाय। पुरुष मित्र तो कभी उसके रहे ही नहीं थे।

घंटी उसके घर की ही बजी थी। चारों तरफ अँधेरा हो रहा था, बेमन वह पलंग से उठी, बत्ती खोली, घड़ी देखी, पौने आठ बजने वाले थे। रात हो गयी। घंटी फिर बजी। वह जल्दी से दरवाजे की तरफ गयी। लकड़ी का दरवाजा खोला। जाली के बाहर काम करनेवाली के दोनों बच्चे मौसमी फूलों का गुच्छा लिये खड़े थे। छुट्टीवाले दिन पढ़ने के लिए उसके पास आ जाते हैं, पर आज तो छुट्टी नहीं थी। उसने उन्हें अन्दर कर दरवाजा बन्द कर दिया, पूछा, ''तुम्हें कैसे पता चला आज मेरा जन्मदिन है?''

''नहीं, हम तो बाग में खेल रहे थे—फूल तोड़े आपको अच्छे लगते हैं इसलिए आपके पास ले आये।''

उसने घर पर पड़े बिस्कुट और पाँच-पाँच रुपये के नोट उठाये—माँ के फोटो के सामने फूल रखे और बोली, ''माँ मर्यादा की रक्षा कर रही हूँ न मैं?''

मुक्ति–द्वार

एक माँ ने बच्ची के जन्म लेते ही गला घोंट कर उसे मार डाला। ऐसी मारधाड़ और हिंसा की खबरों से तो अखबार भरा ही रहता है, पर हिन्दी अखबार में माँ की तस्वीर और नाम को पढ़कर वह चौंकी थी। उस नाम की लड़की तो उसकी घनिष्ठ मित्र थी, पर अखबार की तस्वीर से बहुत निश्चय नहीं हो रहा था। वह बेचैन हो उठी उसने सोचा, इस बेचैनी से अच्छा है वह अस्पताल में जाकर अपना सन्देह दूर कर ले। यों भी वह महिला पुनर्वास में सक्रिय कार्यकर्ता है। उन पर लिखना और समाज में सजगता फैलाना उसका कर्तव्य है। अभी तो वह पुलिस हिरासत में ही होगी।

उसकी सम्भावना के अनुकूल कमरे के बाहर दो पुलिस कांस्टेबल तैनात थे। एक महिला और पुरुष। उसे अपना परिचय पत्र भी दिखाना नहीं पड़ा था। या तो वे उसे पहचानते थे या उन्होंने उसे डॉक्टर समझा। जो भी हो वह कमरे में चली आयी थी। 'वह' लेटी हुई थी। आई.वी. स्टैंड पर सम्भवतया सिलाइन वॉटर की बोतल लटकी हुई थी। बाद में उसे पता चला कि उसे डायरिया हो गया है। उसका मुँह बिल्कुल फीका और पीला पड़ा हुआ था। आँखें बन्द होने की वजह से यह अन्दाजा लगाना मुश्किल था कि वह किस मनःस्थिति में है। सोयी हुई–सी लग रही थी। स्टूल पर एक पुरुष (शायद उसका पति) बैठा हुआ था। उसको फुसफुसाते हुए उसने अपना परिचय दिया और दूसरे स्टूल पर बैठ गयी।

सम्भ्रान्त धनी परिवार का पुरुष जो उसकी अपेक्षा के विरुद्ध बहुत ही सभ्य ढंग से सारी स्थिति का परिचय दे रहा था, उसी ने उसे बताया कि वह सोयी हुई तो नहीं है, पर अभी किसी से बात नहीं करेगी। वह कह रहा था वह तो खुद चाहता है कि किसी से बात करे ताकि उसे बचाने का कोई रास्ता सामने आये। पत्नी की चिन्ता में खोया वह मुँह में बुदबुदा रहा था, 'बच्चा नहीं चाहिए था तो हमसे कहती अल्ट्रासाउंड करवा तभी गिरवा देते। जन्म देने की नौबत ही न आती।'

उसके करवट बदलने पर उसने देखा कि उस क्लान्त-मुरझाए हुए चेहरे में से पुरानी ताजा मोहिनी का चेहरा झाँक रहा था। हाँ, वह मोहिनी ही थी, उसकी सहपाठिनी मात्र नहीं, वह उसकी मित्र भी थी। बी. ए. की परीक्षा देकर वह कहाँ चली गयी थी? आज वर्षों के अन्तराल के बाद वह उसके सामने इस हालत में है। वह बहुत मोटी हो गयी है और मोटापे के कारण पहचान में भी तो नहीं आ रही थी। उसके सामने उसका पति तो उसका देवर-सा लग रहा है। देखने से तो लगता है कि किसी सम्पन्न परिवार की बहू है। पति भी दुर्व्यवहार करने वाला-सा तो नहीं लग रहा। फिर इसने ऐसा क्यों किया। उसने मन में ठाना, वह सब मालूम कर के ही रहेगी।

उसने पति से कहा—अगर वह थोड़ी देर के लिए बाहर जाना चाहे तो जा सकता है। कुछ देर तो वह वहाँ बैठेगी।

पति के जाने के बाद उसने आँखें खोली थीं और प्रश्नवाचक दृष्टि से उसकी तरफ देख रही थी। वह कुछ बोलती, आक्रमक होती या फिर से आँखें बन्द कर लेती, इससे पहले ही उसने कहा—

"मुझे पहचाना नहीं, मैं हूँ इरावती—तुम्हारी बचपन की दोस्त!"

उसने सुना-अनसुना करते हुए दूसरी तरफ करवट ले ली। वह भी उठी और उसके सामने आकर खड़ी हो गयी। उसके हाथ को पकड़ कर बोली, "मुझसे कतराओ नहीं मोहिनी, मैंने किसी को बताया नहीं कि मैं तुम्हारी मित्र हूँ और तुम्हें जानती हूँ। स्कूल-कॉलेज में तो राई-रत्ती मुझे बताया करती थी। कुछ भी कभी मुझसे छिपाया नहीं। बिना कुंठा और अपराध बोध के अपने दिल का हाल मुझे बताओ। क्या हालत बना ली है तुमने अपनी!...कुछ बताओगी नहीं तो तुम्हें यहाँ से निकलने का उपाय कैसे सोच सकेंगे?"

"मैं यहाँ से मुक्त होना नहीं चाहती।" धीमी-सी आवाज में उसने कहा था।

"क्यों? यही बता दो!"

"सब बता दूँगी पर एक शर्त है मेरी। मुझे सजा दिलवाने में तुम मेरी मदद करोगी। मैं उनकी दुनिया में लौटना नहीं चाहती!"

"जो तुम्हारे लिए उचित होगा वही भरसक करने की कोशिश करेंगे। जो पुरुष यहाँ बैठा हुआ था, वह तुम्हारा पति है?"

"हाँ!"

कहते हुए उसके मुँह पर एक टेढ़ी-सी मुसकान आ गयी थी—"क्यों?"

वह जानना चाहती थी। पर जल्दी करने से कुछ होनेवाला नहीं था। वह यहाँ सब सोच रही थी कि उसकी धीमी-सी आवाज उसने सुनी—

"तुम अभी यहाँ से जाओ। कल खाने के वक्त पर आना। उस समय साढ़े चार बजे तक यहाँ कोई नहीं आता है।"

अगले दिन मोहिनी के निर्देशानुसार लंच के समय वह अस्पताल पहुँच गयी थी। उसे विश्वास था मोहिनी उससे कुछ छिपाएगी नहीं। कमरे में पहुँच दरवाजे को अच्छी तरह से भिड़ा दिया। लॉक लगाने के लिए पुलिस गार्ड ने मना कर दिया था। उसने मोहिनी के सिरहाने की तरफ स्टूल रख लिया और दरवाजे की तरफ मुँह करके बैठ गयी ताकि आँखें दरवाजे पर हल्की-सी आहट होने पर किसी के भीतर प्रवेश करने की चेष्टा तक को देखने से भी न चूक जाएँ।

"तुम्हारी माँ नहीं आयीं?" बात शुरू करने के लिए उसने मोहिनी से पूछा।

"वे वहाँ चली गयी हैं जहाँ से कोई आ नहीं सकता और अच्छा ही हुआ है। अब मैं जो चाहूँगी उसके लिए निर्णय कर सकूँगी।"

"तुम्हारी माँ तो स्वयं अध्यापिका थीं और तुम भी आगे पढ़ना चाहती थीं, फिर ऐसा क्या हुआ कि तुमने पढ़ाई छोड़ दी?"

"दरअसल माँ को लगा था कि लड़के वालों की तरफ से उसके लिए विवाह का प्रस्ताव आया है। अभी अच्छा वर मिल रहा है। इस मौके को माँ खोना नहीं चाहती थी। माँ का कहना था मैं अकेली औरत कहाँ तेरे लिए दूल्हा तलाश करती फिरूँगी? इन्होंने तो तुम्हें खुद माँगा है, न दहेज की माँग और न विवाह के लिए कोई अन्य शर्त। शादी न करने की मेरी भी कोई जिद नहीं थी इसलिए माँ की हाँ को अपनी हाँ मान लिया और एक तरह से सामान्य लड़की की तरह से खुश ही हुई थी। माँ मुझे कहती, वहाँ तेरा ही राज होगा। एक बेचारी सास ही तो हैं जो लकवे की वजह से बिस्तर से बँधी हुई हैं, अपनी माँ समझ उसकी सेवा करना और कोई दायित्व तो है नहीं। एक बड़ा बेटा है जिसने पत्नी की मृत्यु के बाद शादी नहीं की और माँ की सेवा को ही अपने जीवन का लक्ष्य बना लिया है। बीच वाला बेटा तो अधिकतर शहर से बाहर ही रहता है, बाकी रह गया तेरा होने वाला पति अमृत। मैं तो इनसे नाता जोड़कर निश्चिन्त हो गयी हूँ।" कह कर वह चुप हो गयी थी।

"फिर?" उसने प्रश्न भरी आँखों से मोहिनी की तरफ देखा।

"जितना बता सकूँगी, पर तुम्हें शपथ है दोस्ती की। तुम किसी के आगे उद्घाटित कर मुझे अनावृत नहीं करोगी।"

"जो तुम्हारे हित में होगा और जैसा तुम चाहोगी अपने सन्तुलित व्यक्तित्व से, मैं वही करूँगी।"

अपने सामने की दीवार को एकटक देखती मोहिनी अपने अतीत को टुकड़ों-टुकड़ों में पुनः जीवित कर रही थी।

"विवाह हो जाने पर माँ के घर से विदा होकर जब ससुराल में पहुँची तो बहुत अजीब-सा लगा था मुझे। शादी-ब्याह वाली चहल-पहल बिल्कुल भी नहीं थी। एक मौसी के नाम के प्राणी ने मेरा स्वागत किया। पकड़ कर बैठक में ले गयी—फ्रिज के ऊपर रखे मिठाई के डिब्बे को मेरे सामने लाकर खोला ही था कि जेठ बोल पड़े—'अभि, मौसी को घर छोड़ आओ। तुम्हारे लौटने पर ही कुछ जरूरी रस्म करनी है माँ के सामने। तब तक ये लोग आराम कर लेते हैं।' कहकर वे शायद माँ के कमरे में चले गये। अभि (मँझला) मौसी को साथ ले बाहर चला गया। वातावरण की चुप्पी, रास्ते की थकान और ऐसी रहस्यात्मक-सी ससुराल से मैं भयभीत हो उठी थी। आँख शायद झपक-सी गयी थी जब कान में जेठ की आवाज पड़ी थी—

'मोना!' अपने ही नाम से मैं चौंक गयी थी। ससुर सरीखे जेठ से मैं 'बहू' या 'बेटी' सम्बोधन सुनना चाह रही थी। पर मुझे लगभग हतप्रभ करते अपनी दोनों बाहों से लगभग गले लगाने के से अन्दाज में उठाते हुए और मेरे पति को मेरे दूसरी तरफ आने का इशारा करते हुए वह मुझे सुना रहे थे या आदेश दे रहे थे—

'माँ के कमरे में चलना है। वहाँ माँ की साक्षी में तुम्हारे प्रवेश पर हमें कुल की रस्म करनी है। हम पांडवों के वंशज हैं इसलिए उस वंश की रस्मों को निभाना हमारा धर्म है (जेठ का वक्तव्य चल रहा था और वे तीनों भाई मुझे अपने घेरे में लिए हुए माँ के कमरे में पहुँच गये थे।) अब यह घर यहाँ के रस्मो-रिवाज, इसके पारिवारिक-सामाजिक सम्बन्धों की मान-मर्यादा और रक्षा का दायित्व तुम्हारे ऊपर है। तीनों भाइयों की बाँहों के घेरे में दबती-घुटती साँस में निंदियाई या बेहोशी की-सी हालत में मुझे ऐसा लग रहा था कि मेरा ब्याह नहीं हुआ है, अपहरण हुआ है और अपहर्ता पूरे अपने गुट के साथ मेरा बलात्कार कर रहे हैं। डर से मेरी जबान बन्द हो गयी थी। मुझे डराया नहीं जा रहा था।

उस परिवार की भाषा में तो मुझ पर अगाध प्यार उड़ेला जा रहा था। इतना प्यार तो किस्मत वालों को ही मिलता है!

सास के चेहरे की मुस्कान उनके व्यवहार पर मुहर लगा रही थी। वह लकवे का टेढ़ापन था या उनके आचरण का समर्थन—मुझे मालूम नहीं।

मन ही मन मैंने तय कर लिया था कि माँ के पास फेरा डालने तो जाएँगे ही, बस वहाँ पहुँच जाऊँ फिर लौटने का नाम नहीं लूँगी। पर अपना सोचा सब कहाँ हो पाता है। फेरा डलवाने के लिए अमृत और मेरे साथ जेठ भी गये थे। वहाँ पहुँच माँ के पाँव छू जेठ ने कहा था—

"माँ जी, आपको शायद अच्छा न लगे पर इस मोना को आपके पास छोड़कर नहीं जाएँगे। जो कुछ खिलाना-पिलाना हो खिला-पिला दीजिए और आशीर्वाद के साथ हमें लौट जाने की आज्ञा दीजिए। मुझे पूरा विश्वास है कि आप भी यही चाहेंगी कि विवाह के बाद अब हमारा दायित्व मोना को सँभाल लेना है। अब हम सब तो इसी पर निर्भर करेंगे न! कम से कम माँ को देखनेवाली दो आँखें तो निरन्तर वहाँ ही होंगी। हम लोग तो सुबह के निकले हुए रात को लौटते हैं।"

जेठ की मीठी बातों ने माँ की आँखों में मुझे उस घर के लिए अपरिहार्य बना दिया था। "मेरी बेटी की कितनी कद्र है ससुराल में!" माँ इसी से खुश थी।

जिस ढंग से सब हो रहा था उसमें मेरी स्वीकृति-अस्वीकृति के लिए तो कोई जगह ही न थी। सब की इच्छापूर्ति का उपकरण मात्र, पत्नी अमृत की मैं कहाँ रह गयी थी। मोहिनी तो वहाँ के लोगों की भूख मिटाने का एक उपकरण मात्र बन गयी थी। दो बेटों ने मोहिनी नाम की देह से जन्म ले लिया था। वे किसके बेटे थे मुझे खुद भी मालूम नहीं।

सब कुछ माँ को बता भी देती तो क्या फर्क पड़ना था। सिवाय माँ के दुखी होने के। अकेली माँ इस समर्थ एकजुट परिवार का क्या कर लेती?

पर मेरा अन्तर्मन निरन्तर छीज रहा था। अपने आप से ही घिन आती थी। रोज-रोज घुट-घुट कर जीने से अच्छा था मैं मर जाती। जहर का जुगाड़ तो मैं कर लेती, पर निर्दोष बच्चे आँखों के सामने आकर मुझे कमजोर बना देते। अपनी विषम गाथा लोगों के सामने ला मैं अनावृत होना भी नहीं चाहती। ऐसे में बच्ची ने जन्म लेकर मेरी मुक्ति का द्वार खोल दिया। अपनी बच्ची को मारने की सजा ही मेरे लिए मुक्ति होगी उस यातना शिविर से मुक्ति—मेरी मुक्ति ही क्यों हम दोनों की मुक्ति क्योंकि पांडवों के वंशज उसका ब्याह भी तो पांडवों के वंश में ही करते। मैंने उसे मारा नहीं। दोहरी मुक्ति पायी है।

शिकायत नहीं

''तपस्विनी का जीवन नहीं बस जीवन...हर जीवन बस जीवन है, कहीं हवा की तरह से सर्र-सर्र-सर्राता, कहीं पानी की तरह से कल-कल बहता.. कहीं आग की तरह से उजलाता-तपाता...कहीं ध्वनि की तरह से गुंजित, कहीं धरती के स्पर्श की तरह ठोस...सब अपने-अपने ढंग से अस्तित्व को बनाए रखने की तपस्या में रत... पंचभूतों का सन्तुलन उपलब्ध हो जाय तो उल्लसित और आनन्दित अस्तित्व अन्यथा सन्तुलन की अपनी-अपनी तलाश में तपस्यारत जीवन।''

''बस कर अपना दर्शन, इसीलिए तो कहती हूँ कि तू तो तपस्विनी है पर मैं तो तापसी नहीं, मैं तो हूँ एक आम जन...अपनी फिलॉसफी छोड़, मूल बात से इधर-उधर न भटक। तुझे बताया कि वीना रिटायर हो गयी है...बोल, उससे मिलने चलना है ?''

''नहीं,'' तपस्विनी ने कहा, ''दस साल तुम्हें रिटायर हुए हो गये, पाँचवाँ साल मेरा चल रहा है, उसने मुझे न कभी फोन किया, न मिलने के लिए आयी, उसके जीवन प्रवाह में हमारी जरूरत नहीं होगी। मिलने की कोशिश करेगी तो मैं पीछे हटनेवाली नहीं।''

''तुझे नहीं पर मुझे तो तुम दोनों की जरूरत है। याद है, हम तीनों मिलकर कॉलेज की कैंटीन में या लाइब्रेरी के सबसे ऊपरवाले फ्लोर पर घंटों बैठे रहते थे। तुम दोनों तो अविवाहित थीं और मैं विवाहित, पर बच्चा न होने की वजह से मुझे घर जाने की कोई जल्दी नहीं हुआ करती थी...तू तो छात्राओं को लेकर सांस्कृतिक कार्यक्रम में अक्सर बहुत व्यस्त रहती थी, पर मैं और वीना तो चाय पीने से लेकर फिल्मों, टेलीविजन और किताबों को जब तक डिस्कस नहीं कर लेते थे, हमारी रोटी हजम नहीं होती थी। गर्मी की छुट्टियों में एकाध बार तो वीना हमारे साथ पहाड़ पर भी गयी थी। उस साल वीना तो हमारे साथ नहीं गयी थी, पर जब हम लौटे तो 'मुन्ना' हमारे साथ था। 'मुन्ना' उस समय नौ-दस बरस का रहा होगा। मुन्ना के माता-पिता का भूचाल में दब कर देहान्त हो गया था। 'इनके' कहने से

मैं मुन्ना को साथ दिल्ली ले आयी थी। लोगों ने बहुत बात बनायी थी—'बेटे का बेटा, नौकर का नौकर..'टू-इन-वन', ऐसी स्थिति में गुस्सा बहुत आता था, उस समय वीना ने ही मुझे संयत रहने में मदद की थी—मुन्ना को भी घर पर सहज रूप से रहने की समझ दी। वह मेरी और मुन्ना दोनों की मित्र है। आज तक।

तापी, तेरे आश्रम, मेरा मतलब तेरे घर पर तो दो-तीन बच्चियाँ हमेशा पलती ही हैं। सच बता अपने बच्चे का सा स्नेह, वात्सल्य या तड़प क्या हम गोद लिये बच्चे के लिए कर सकते हैं—खास कर बच्चा जब समझदार वय में घर पर लाया गया हो? मुझे तो लगता है सहज ममत्व उसके प्रति हो ही नहीं सकता। जो भी हो मुन्ना आने से घर में एक नयापन तो आया ही था, उसके चुप्पे होने के बावजूद एक तीसरे व्यक्ति की उपस्थिति का अहसास—पढ़ने-पढ़ाने के अलावा एक और दायित्व की अनुभूति ही सही। मुन्ना जब आया तो चौथी में पढ़ता था यहाँ रहते हुए अपनी प्रतिभा और योग्यता की सीमाओं में उसने बी.काम किया। वे तभी बैंक मैनेजर के पद से रिटायर हुए थे, वहीं मुन्ना की ऑफिसर के रूप में नियुक्ति हो गयी। मुन्ना इंजीनियर या डॉक्टर होता, ऐसी कोई महत्त्वाकांक्षा मेरे मन में उसके प्रति नहीं थी। फिर शादी की थी मुन्ना की। मुन्ना के बैंक में ही नयी-नयी काम पर लगी थी तारा। जितना चुप्पा-संकोची मुन्ना उतनी ही वाचाल और उन्मुक्त तारा। शादी के बाद सबसे आगे बढ़ कर मिलती थी तारा। मुन्ना को लोग जानते हों या न जानते हों, तारा को बहू के रूप में सब जानने लगे थे। ठीक ही चल रहा था सब कुछ। मुन्ना को बेटा हुआ। घर में चहल-पहल हो गयी। कॉलेज में मेरा कार्यकाल खत्म हो रहा था। मैंने एक्सटेंशन के लिए एप्लाई नहीं किया। लग रहा था बहुत पढ़ा लिया, अब अपनी मर्जी से पति और छोटे बच्चे की संगत में आराम से दिन बिताएँगे। पर अपना सोचा थोड़ी होता है। छुटका छह महीने का भी नहीं हुआ था, ये रात को सोए तो सुबह उठे ही नहीं। सब के होते हुए निपट अकेली हो गयी थी मैं। मन में आता था पाँच साल का एक्सटेंशन ले लेती तो कितना अच्छा होता। सब कहते पति-पत्नी में से किसी एक को तो जिन्दगी के इस पड़ाव पर अकेले होना ही पड़ता है। शुक्र मना कि तेरे पास बेटा बहू और भरा-पूरा पारिवारिक माहौल है। कोई मेरे भीतर झाँककर नहीं देख पा रहा था कि मैं नितान्त अकेली हो गयी थी। तारा ने ड्राइवर को निकाल दिया है। वह खुद ही ड्राइव करके गाड़ी ले जाती है, मुझसे कहती है—आप मुझसे कहिए, आपको जहाँ जाना होगा मैं आपको ले जाऊँगी—मैं क्या जवाब दूँ उसे? मुन्ना जरूर अपने स्कूटर पर ही जाता है, यह कहते हुए कि मैं जो अपने पैसों से अफोर्ड करूँगा, वही ले जाऊँगा। तारा को उसका स्कूटर पर जाना बुरा लगता है। वह उससे अक्सर कहती है, बहुत बार मुझे ही सुनाते हुए—"आखिर तुम कानूनी बेटे हो उनके। आजकल जब बूढ़ों को कोई एक नजर नहीं पचाता, बात नहीं करता, तुम नियम से उनके पास बैठ उनका

दुख-सुख बाँटते हो, बेटे का कर्तव्य निभा रहे हो तो बेटे का अधिकार क्यों नहीं! ठीक ही तो कहती है, तारा मेरे भाई बहन तो अपनी-अपनी गृहस्थियों में व्यस्त हैं। अच्छे-बुरे वक्त को तो मुन्ने के साथ में ही काट रही हूँ, पर अपने मन की ही सायकॉलोजी समझ नहीं पाती। बहुत से फिक्स्ड डिपाजिट भाई-बहनों के नाम के साथ करवाये हुए हैं जबकि यह सब मुन्ने के साथ करवाना चाहिए, पर अपने मन का क्या करूँ—मुन्ना भी तो जब यहाँ आया तो नासमझ नहीं था, वह भी तो सहज भाव से बेटा नहीं बन पाया। आज तक कृतज्ञता उसके व्यक्तित्व में है, लगाव और अधिकार नहीं। तारा प्रतिक्रिया में जरूर आक्रमक हो गयी है। उसको समझने की कोशिश करती हूँ। उसने तो बेटे की बहू के तौर पर ही घर में प्रवेश किया। पहाड़ से लाया हर बच्चा नौकर तो नहीं होता, इसलिए वह केवल अपने धरातल पर के अधिकार भाव से ही नहीं मुन्ने के अधिकार के अभाव के बदले को भी मुझसे लेने लगती है। बात-बेबात मेरे प्रति आक्रमक हो उठती है। पिछले इतवार दो दिन हो गये थे कामवाली को आये हुए। जैसे कि तू जानती है मेरी आदत है साफ-सुथरे करीने और व्यवस्था से रहने की। छुटके और मुन्नी ने खेलते हुए कागज फैला दिये थे। सामने से तारा आ रही थी। मैंने उससे कह दिया—"तारा वो तो बच्चे हैं, तू कागजों को पैरों से कुचलती हुई आ रही है, क्या तुझे दिखाई नहीं देता कि गन्द पड़ा हुआ है? सफाई नहीं कर सकती तो कम-से-कम फैलावट को तो हटा दे।"

तो जानती है क्या जवाब दिया उसने—"हाँ-हाँ, मुझे कुछ गन्द नहीं दिखाई देता। आप फिनिकी हैं। आप अपने कमरे को साफ-सुथरा रखें। बाकी जैसा है उसे हमारे ऊपर छोड़ दें।" बता, रोना नहीं आएगा ऐसे में, पर मेरी यह हिम्मत भी नहीं होती कि उनसे कहूँ कि चले जाओ मेरे घर से। अपना अलग इन्तजाम कर लो। बच्चे जरूर दादी-दादी कहते घेरे रहते हैं मुझे। वे जरूर मेरे पोता-पोती हैं। मुन्ना भी चुप्पा है। पर तारा, उसका बोलना मुझे डिप्रैशन देता है।

डिप्रैशन या अवसाद का नाम भी मत लो। इसके घेरे में आ गयी तो निकलना मुश्किल हो जाएगा। तुम मुझे तपस्विनी कहती हो। आश्रम की दोनों बच्चियाँ मुझे 'जोगिनी दीदी' कहती हैं। मैंने तुम्हें कहा था न, हम सभी अपने-अपने भीतर अनेक कुँवारे-अछूते सपनों और स्थलों को समेटे हुए होते हैं—तुम क्या सभी बस यही जानते थे कि मैं बाबाजी के आश्रम से कॉलेज आती थी। सफेद कपड़े पहनने वाली गांधीजी की अनुयायी। कॉलेज की गाँधी समिति की संस्थापक और संचालक, भक्ति संगीत की शास्त्रीय गायिका इसलिए वैरागिनी-पवित्रा कुमारी। यह झूठ नहीं है पर एक और सच है जिसे शायद तुम भी नहीं जानती हो। मैं बाबा जी के आश्रम में पली कोई अनाथ लड़की नहीं, ना ही बाबा जी की बेटी। बस उनकी आत्मजा जो एक व्यापारी परिवार की लड़की थी। जानना चाहोगी मैंने इस जीवन का चयन क्यों किया? मन की वैरागी प्रवृत्ति से? नहीं! मेरे माँ-बाप मेरे सहपाठी और प्रेमी

से मेरा विवाह करने के पक्ष में नहीं थे और मैं उनके द्वारा चुने किसी अर्थपति की सजावटी गुड़िया बनने के पक्ष में नहीं थी—विद्रोह में कहो या आवेश में, अपने प्रेमी के साथ मेरे दैहिक सम्बन्ध हो गये। मैंने गर्भधारण किया फिल्मी प्रभाव ही कह लो, मन में यह विश्वास सा हो गया था कि माँ-बाप मजबूरी में मेरा विवाह मेरे प्रेमी से कर देंगे। पर वे नहीं माने। एम.ए. फाइनल की परीक्षा दी थी। नौकरी थी नहीं। मैं घर से 'अज्ञात' के पास गयी। वह मुझे बाबाजी के पास ले आया। बाबाजी चाहते तो हमारा विवाह करवा सकते थे, क्यों नहीं करवाया? मुझे आज तक पता नहीं। मेरे मन में आशंका और भय था कि कहीं 'अज्ञात' के प्रति माँ-बाप आक्रामक हो कोई दुर्व्यवहार न कर बैठें। उसे कहीं पुलिस से न पकड़वा दें। मैंने प्रतिबद्ध होकर आश्रम के सम्पूर्ण अनुशासन को स्वीकार किया। कॉलेजों में आवेदन दिये। इसी बीच मुझे दर्द उठा, अस्पताल ले जाई गयी—होश आया तो बाबाजी ने बताया कि 'फॉल्स प्रेगनैंसी' थी। पेट में ट्यूमर था पौन किलो का। आज तक मुझे विश्वास नहीं आया बाबाजी के इस कथन का। पर बच्चा था तो कहाँ गया? सैटल होने के बाद प्रेमी क्यों नहीं लौटा?

बहरहाल माँ-बाप जरूर लौटा ले जाने के लिए आये थे पर लौटना सम्भव नहीं था। बाबाजी का आश्रम या कहूँ सात्विक-सा घर जहाँ दो-तीन अनाथ बच्चियों को पूरे स्वाभिमान की चेतना के साथ बड़ा किया जाता था। उस आश्रम का अंग थी मैं। बाबाजी के ध्येय में सहयोग देते हुए मैंने वहीं पी-एच. डी. की। मन में कहीं उम्मीद थी कि मेरा प्रेमी लौटेगा। कॉलेज में पढ़ाने और आश्रम की दिनचर्या में गाँधी दर्शन पर आचरण—संगीत और साहित्य मेरी जिन्दगी बन गये। जीवन की लालसाएँ पानी न मिलने से कब सूख गयीं, पता ही नहीं चला। मन की रिक्ति और पीड़ा साहित्य और संगीत में डूब कॉलेज की लड़कियों को 'व्यक्ति' बनाने में लीन हो गयी। आश्रम की छोटी लड़कियों के प्रति स्नेह और ममत्व पनपता गया। बस यही आकांक्षा कि इनके जीवन रस को सूखने नहीं दूँगी। इनकी इच्छानुकूल इनका विवाह करवाऊँगी।

जानती हो नयी पीढ़ी के युवा बच्चे-बच्चियों में अपने कल्पित बच्चे को तलाशती हूँ पर कोई मुझे माँ नहीं कहता। इस उम्र में भी सब की दीदी हूँ मैं—बड़ी दीदी। दीदी शब्द सुनते-सुनते मन में माँ के ममत्व के स्थान पर दीदी का सहयोग भाव ही जड़ पकड़ गया है। नयों की दृष्टि को समझने का प्रयास। इस पीढ़ी के प्रति करुणा-प्रेम। उन्हें समझने और सहयोग का भाव है। शिकायत है तो माँ-बाप के प्रति, उनकी सख्ती और कड़ेपन के प्रति। पिता नहीं रहे, माँ अकेले हो गयी हैं। चाहती हूँ उन्हें अपने पास ले आऊँ पर वे आएँगी नहीं।

चलो छोड़ो इन बातों को। मैं भी यह क्या आत्म-पुराण ले बैठी। पर एक बात...मुन्ना और तारा में अपनी तापी देखो—देखोगी न?

अब मैं जानी कि...

वह कहती है बेटे की शादी के बाद घर का कुछ तौर-तरीका तो बदलेगा ही, पर बहू के प्रति मन में विकार नहीं उठने देना चाहिए, क्योंकि एक बार वह मन में आ धमका तो उसके फैलाव का कोई अन्त नहीं—वह सारी स्वस्थ मानसिकता को डस लेगा। इस उम्र में सबसे बड़ी चीज अपना स्वास्थ्य है और स्वस्थ शरीर के लिए स्वस्थ मन का होना बहुत जरूरी है—पर क्या करे वह अपने मन का, जो बीच-बीच में परेशान हो जाता है।

बेटा टूर पर गया हुआ है—राजी-खुशी पहुँचने का फोन भी आ गया था और वह अन्य दिनों की तरह ही अपनी दिनचर्या में व्यस्त हो गयी थी। शाम को सैर करके लौटी अभी सीढ़ियाँ ही चढ़ रही थी कि फोन की घंटी सुन जल्दी-जल्दी फोन के पास पहुँची कि बेटा फोन पर न हो? पर बहू अपने ऑफिस से उससे कह रही थी—''माँ, मेरी सहेली का भाई आएगा—क्या वह एक दो-दिन हमारे घर रुक सकता है?''

वह मना कैसे करती। घर पर उसका अधिकार भी तो उतना ही है। उसने उससे पूछा यह क्या कम है? सीधे उसे घर ले आती तो वह क्या कर लेती? अब उसका सम्मान तो रह गया। फिर वह तो उस पर किसी काम का बोझ भी नहीं डाल रही। कह रही थी—''आप कुछ बनाकर नहीं रखिएगा—उसे आलू के पराँठे अच्छे लगते हैं, कहेगा तो वह मैं बना दूँगी या दाल-चावल जैसा वह चाहेगा या यहीं ऑफिस आ पहुँचा तो बाहर से खाना खिलाकर ही लाऊँगी।''

सहेली का भाई? नहीं उसके मन में शक नहीं उठना चाहिए। शादी से पहले से ही तो आ रही है बेटे के साथ घर पर। बेटे के कालेज में ही तो पढ़ती थी। बेटे से एक साल जूनियर थी। उसके विषय की नहीं थी पर जब भी बेटे के अँग्रेजी ऑनर्स के साथ लड़के-लड़कियाँ घर पर आते तो वह भी उनके साथ होती। उनमें

से सुरभि तो उसकी दोस्त जैसी हो गयी थी। सबको चाय-वाय पिलाने-खिलाने में हमेशा उसके साथ-साथ पर वन्दना उसकी बहू उन लड़कियों के साथ घुली-मिली नहीं थी बल्कि उन लड़कियों की उपस्थिति में उसे थोड़ा कुंठित ही लग रही होती। एक बार तो उसके बेटे ने उसे टोका था—

"माँ आप सुरभि, परी के घेरे में घिरी रहती हो। वन्दना यहाँ आकर उपेक्षित महसूस करती है—मॉम, यू नो आय अम स्टडी विद वन्दना, आप उसको थोड़ा भाव दे दिया करो।"

भाव कैसे देते हैं उसे नहीं पता। उसके लिए तो सभी मित्र बराबर थे। हाँ, उसने नोटिस किया था कि वन्दना ज्यादातर लड़के वालों के गुट में होती और सुरभि, परी आदि उसका हाथ बँटाने में उसके साथ। बेटा दोनों के बीच में झूलता। बेटे के तकाजे में दिमाग को रखकर वह वन्दना को किसी बहाने बुला भी लेती तो वह सामने आ बिल्कुल चुप खड़ी हो जाती। यूँ 'चुप्पी' वह नहीं है क्योंकि लड़कों के गुट में उसकी हँसी और आवाज बाकायदा सुनाई देती पर यह सब बेटे के सामने ही तो होता था। फिर आज तो बेटे का कोई दोस्त नहीं, उसकी सहेली का भाई ही आ रहा है। वह क्यों अपना माथा गरम कर रही है! उसे परेशान नहीं होना चाहिए। उसने अपने आपको समझाया। उसने फ्रिज खोलकर देखा कि कुछ सब्जी-वब्जी, फल-वल हैं या नहीं? न भी कहा हो खाना बनाने के लिए पर घर पर खाने-पीने की सामग्री तो सारी होनी चाहिए।

उसे शक के काँटे को मन से निकाल देना चाहिए। सारी उम्र उसने भी तो नौकरी की है। पोंगा-पंथी तो नहीं रही। उदार विचारोंवाली रही है पर अपने संस्कारों का क्या करे? जो नये जीवन मूल्यों के सामने मन के दरवाजे पर अर्गला लगा देते हैं। कानों में कॉलेज की टीचर डॉ. सिन्हा की आवाज दस्तक देने लगती है—

'लड़कों के साथ जाओ तो अकेले नहीं, ग्रुप में जाना—अकेले लड़के के साथ जाते हुए सौ बार सोचना और निर्णय अपने अभिभावकों की सम्मति और सहमति से लेना।'

तीन-चार साल का रहा होगा बेटा, जब अपने पति से अलग अकेले रहना शुरू किया था पर अपने ही मन में बैठाये सेंसर की चौकसी में हमेशा अपने व्यवहार के प्रति सावधान और सतर्क। नन्हें बेटे के दोस्त घर आते—उन्हें ले वह फिल्म देख आती, रेस्तराँ में उन्हें खिलाने-पिलाने के बहाने खुद भी खा-पी आती। समय की धारा में बच्चे के साथ खुश ही थी वह—बच्चा, बच्चे से किशोर हो गया।

उसके दोस्त रात में देर हो जाय तो उन्हीं के यहाँ रह जाते। बहुत पाबन्दियाँ, तो बच्चों पर नहीं लगाती थी पर किशोरवय में बच्चों को बुरी लतें जल्दी लग जाती हैं इसलिए रात को जब बच्चे के कमरे में सोने के लिए वे जाते तो मजाक-मजाक में उन्हें सावधान कर देती ताकि वे यह याद रखें कि माँ की आँख से उनका कोई भी काम छिपा हुआ नहीं है। गुडनाइट के साथ उन्हें चेता देती—"नो सोडोमी—होमो-शोमो तो नहीं हो न?" और बेटे का उत्तर "ओह मॉम यू आर टू मच।" और इसी सब में बच्चे पर अगाध विश्वास पनपता रहा। खुलेपन के संस्कार में बच्चा कब बड़ा हो गया—उसकी गर्ल फ्रेंड बन गयी—शादी लायक हो गया, पता ही नहीं चला।

दफ्तर में 'सुचेता' के लड़के की शादी होनेवाली थी पर उल्लसित होने के बदले वह तनावग्रस्त और चिन्तित नजर आती थी। एक दिन हिम्मत करके उसने उदासी का कारण पूछ ही लिया। बस उसे छूने भर की देर थी कि वह फूट पड़ी—"मुझे डर लगता है—न जाने बहू कैसी होगी? इंटरनेशनल फर्म में काम करती है, देखने में ऐंठू लगती है—हम तो सीधे-सादे लोग हैं।" कहते हुए उसने चुप्पी साध ली। उसे स्वस्थ करने के लिए उसने कहा था—

"मैंने तो बहुओं के प्रति दुर्व्यवहार की खबरें ही सुनी हैं। सभी सासों का ही दबदबा होता है। तुम ऐसी फुसफुसी तो मुझे नहीं लगतीं।"

कह कर उसने उसे हँसाना चाहा था पर अपने उदास से स्वर में वह बोली थी—

"बीते मौसम की बातें कर रही तुम—आज के नये मौसम में सासें डरती हैं बहुओं के नाम से।"

पर उसे डर-वर तो नहीं लगा था बेटे की शादी के नाम से। सारी उम्र अकेली रही है, बेटा बड़ा हो गया—बहू एडजस्टिंग नहीं होगी तो दोनों अलग रह लेंगे—बस जहाँ रहें खुश रहें—चाहे उसके पास हों या अलग।

अभी तक वह घर सँभालती रही है, बेटे की शादी के बाद भी सँभाल लेगी और जब बेटे की शादी की, उसके रिटायरमेंट में केवल एक साल बाकी था। सारी जमा की छुट्टी ले ली और बचा समय विदा की वेला के सौजन्य से बीत गया। उसे तो कोई अन्तर दिखाई ही नहीं दिया। बेटे की शादी से पहले शादी के बाद में—दोनों सुबह निकल जाते और रात को देर में आते हैं। अन्तर है तो केवल इतना कि पहले एक का इन्तजार करती थी अब दो का इन्तजार करती है।

अपने ही में डूबी हुई थी कि उसे लगा घर की घंटी बजी है। कहीं टी.वी.

में तो नहीं बजी कि इतने में फिर घंटी बजी। जल्दी से उठ उसने दरवाजा खोला—सामने उसके हाथ में 'पिज्जा हट' का डिब्बा पकड़ाते हुए बहू कह रही थी—'माँ यह 'वरुण' है मेरी सहेली ऋतु का भाई और यह मेरी 'माँ इन लॉ'।

ड्राइंग रूम में पहुँच कर उसने वन्दना से कहा कि वह तो खाना खा चुकी है।

"इस वक्त तो मैं वरुण को बाहर ही खिला लायी हूँ, कॉफी पीएगा तो ऊपर ही बना दूँगी—आप इसे फ्रिज में रख दीजिए—कल ब्रेकफास्ट में इसका एक-एक टुकड़ा खा लेंगे।" कहते हुए वह उसे अपने कमरे में ले गयी।

डूपलेक्स घर है उनका। उसके फ्लोर पर दो बेडरूम जिनमें से एक को उसने स्टडी रूम बनाया हुआ है। सीढ़ियाँ चढ़कर ऊपर बेटे का बेडरूम और साथ में स्टडी रूम। तो क्या वन्दना मेहमान को स्टडी रूम में सुलाएगी या खुद वहाँ सोएगी। उसके मन में आया वह उनको आवाज दे और कहे कि वह एक-एक कॉफी बनाती है यहाँ नीचे साथ पी लेंगे और मेहमान को बड़े कमरे में सोने के लिए कह देंगे पर बहू की व्यवस्था में, उसके निर्णय में हस्तक्षेप भी तो नहीं करना चाहती वह। बेटे को मजाक-मजाक में समझा देती थी पर वन्दना को कैसे कहे? बेटा-बहू मोबाइल पर रोज बात करते ही हैं। वन्दना ने बेटे को बताया ही होगा? वह बेटे को फोन करे? बहू के जीवन में सेंसर की भूमिका तो वह नहीं निभा सकती। अपना सेंसर तो व्यक्ति को खुद ही बनना होता है। फिर वह क्या करे—वह समझ नहीं पा रही।

मसाईमारा

बाहर बारिश बन्द हो गयी थी और सारा परिवेश नहाया-धोया साफ सुथरा हो गया था। उसे अच्छा लगा। मरियल-सी धूप निकली थी इसलिए धूप में भी गर्मी नहीं लग रही थी। 'चलो अच्छा है।' अब बत्ती चली भी जाये या ए.सी. में कुछ नुक्स आ जाये तो केवल पंखे से काम चल जाएगा। उसे ए.सी. की जरूरत नहीं पड़ती। बुढ़ा रही है न! तेज गर्मियों में भी कूलर की हवा उसे ताजगी देती है। कूलर में दरवाजे तो बन्द करने नहीं पड़ते, बस हवा को बाहर जाने के लिए सामने कोई थोड़ा सा ड्राफ्ट मिल जाना चाहिए। वैसे उसकी छोटी बेटी कह रही थी कि वह अपना इलेक्ट्रीशियन साथ लेकर आएगी जो उसकी बिजली से चलनेवाली सारी चीजों को चैक कर जाएगा। बड़ी बेटी अपनी दो बच्चियों के साथ अगले हफ्ते उसके पास आ रही है। उसके आने का मतलब है अटैंशन की मुद्रा में खड़े हो जाना। घर की साफ-सफाई अच्छी तरह से करवा लेना, पर्दे बदलवा देना, सोफे के कवर धुलवाकर चढ़वा देना! यों उसके बहाने घर में ताजगी आ जाती है। अच्छा तो लगता है पर अब उससे अकेले सब कुछ का रख रखाव होता नहीं।

वैसे साफ-सफाई का संस्कार बेटियों में उसी का दिया हुआ है! पति के शब्दों में तो वह 'फिनिकी' थी। दरअसल पति के आलसी मिजाज के सामने वह ज्यादा ही कर्मठ, साफ-सुथरी और सबकुछ को करीने से रखने वाली। उस वक्त दोनों लड़कियाँ, जो कहा जाता बस उतना भर कर देती थीं। पर अब वह देखती है कि छोटी लड़की में आत्मानुशासन और दूसरों के प्रति संवेदनशीलता है।

वह माँ की बढ़ती उम्र की सीमाओं से परिचित है। उसकी कोशिश होती है कि 'बड़ी' के आने से पहले ही माँ के घर की सारी व्यवस्था करवा जाये। अगर उसका पति दिल्ली से बाहर गया हुआ हो तो अपनी नौकरानी को साथ ले आती है और माँ को बिल्कुल मुक्त कर देती है। उसके अनुसार, माँ को हम आराम नहीं देंगे तो और कौन देगा? बहुत बार उसको लगता है कि 'बड़ी' की उपस्थिति में, क्योंकि वह बाहर से आयी है और छोटी उसके ही शहर में रहती है—'बड़ी' और

उसकी बेटियों की ज्यादा पूछताछ और छोटी और उसके बेटों की उपेक्षा हो जाती है। पर छोटी इस सबसे चिढ़ने और उससे रूठने की बजाय ऐसी योजनाएँ बना देती है जिससे उसे ज्यादा से ज्यादा आराम मिल सके। छोटी बेटी ही नहीं, उसका छुटका-सा बेटा 'देव' भी अपनी माँ के स्वर में स्वर मिलाता नानी को आश्वस्त करता है—

"नानी, मुझे बड़ा हो जाने दो, मैं आपके सारे काम करवा दूँगा।" उसकी बातों से उसे रोना-सा आने लगता है और अपनी माँ के शब्द कानों में गूँजने लगते हैं—"मर्द तो अँगूठे जितना भी कम नहीं होता।"

इसी मर्द बच्चे को छोटी 'बड़ी' की बिल्लियों के सामने डाल देती है कि वे उसका कचूमर बनाती हैं या कठपुतला बना उसकी हँसी उड़ाती हैं, पर वह भी अपनी माँ का बेटा है, मजाल है उनकी शिकायत कर जाये।

उन बिल्लियों की माँ यानी उसकी बड़ी बेटी बाप से मिले संस्कार रूप आलस में बस एक काम जानती है—सब पर हुक्म चलाना। उसकी आँखों के सामने मरती खपती भले ही वह बेहोश भी हो जाय पर वह कहेगी—"माँ को आजकल नींद बहुत आती है।" ज्यादा लाड़ दिखाये तो कहेगी—"मैं तुम्हारे पास ही तो आराम कर सकती हूँ, वहाँ नैरोबी में तो इन आफत की पुड़ियों और नौकरों से माथापच्ची करते ही थक जाती हूँ।" पर वे बेटी की अपटुता से परिचित हैं, जो शोर ज्यादा मचाती और करती-वरती कुछ नहीं। छोटी तो उनकी शब्दावली में श्रवण कुमार का अवतार है—उसके अकेले जीवन का सम्बल। उसे मौत भी आ जाय तो छोटी उसे सँभाल लेगी, उसकी मौत को भी सँवार देगी।

पर दोनों उसकी बेटियाँ हैं। वे खुश रहें इसी में उसकी खुशी है। पर अब तो उसे लगता है कि दोनों अपने-अपने घर में खुश रहें। अपने सुख की सूचना देती रहें और वह अकेले निश्चिन्त और मुक्त जैसे अपने में रहती है, वैसे रह पाये। बड़ी के आने पर इकट्ठेपन का समय बिना बदमजगी के निकल जाय, यही उसकी आकांक्षा है। वह सोच ही रही थी कि फोन की घंटी बजी। छोटी कह रही थी—"माँ, मैं आज आपके पास नहीं आ पाऊँगी। आज सोमवार है और शुक्रवार की सुबह युगान कैंब्रिज जा रहे हैं, एक सत्र के लिए—पैकिंग में उनकी मदद करनी है, शनिवार से तो वैसे ही मेरी और देव की छुट्टियाँ हो ही जाएँगी। सोमवार को 'नीलू दी' लैंड करेंगी। एअरपोर्ट से उन्हें लेकर सीधे आपके पास पहुँच जाएँगे। एक-दो दिन 'दी' आराम करना चाहे तो कर ले, बुधवार की सुबह आपके हरिद्वार वाले अपार्टमेंट के लिए चल देंगे। बच्चों को अच्छा लगेगा और आप पर फालतू का दबाव भी नहीं पड़ेगा।"

छोटी की बनायी योजनाएँ सब समस्याओं का हल कर देती हैं। जब तक

बच्चों का मन लगेगा हरिद्वार रह लेंगे। चार-दीवारी के रुटीन से तो बाहर निकले और उसे तो लम्बी ड्राइव भी हमेशा अच्छी लगती है। देव के साथ अगली सीट पर वह बैठ गयी थी और पीछे की सीट पर चार बेटियाँ—दो जोड़ी बहनें। अभी दिल्ली बार्डर पार भी नहीं किया था कि आफत की परकालियों की फरमाइश शुरू हो गयी, ''नानी, 'ओंकारा' लगाओ'' और उनका गाना चालू हो गया था—'बीड़ी जलइले' व 'लिहाफ न गिलाफ'। उसने हिन्दी फ़िल्मों को बुरा भला कहते, उन्हें कहा कि उनके पास 'ओंकारा' नहीं है, 'रंग दे बसन्ती' पर हाथ में उनके माचिस आ गया और 'चप्पा चप्पा चरखा चले' उन्होंने लगा दिया। ये तो अच्छा हुआ वे दोनों चिल्लायी नहीं और उसी में मस्त हो गयीं। उनके खाने-पीने के लिए उनकी पसन्द का चिंगो चीटो, चॉकलेट कुकीज, कुरकुरे हल्दीराम के पंचमेल मिक्चर, कोला, जूस—सब तो उसने गाड़ी में रखवा लिये थे। रास्ते में रुकते-रुकते जब अपार्टमेंट में पहुँचे तो शाम हो गयी थी। सोचा था वहाँ पहुँच आराम करेंगे पर आराम कहाँ, शोर मचाने लगी बिल्लियाँ कि गंगाजी आरती देखनी है। उन्होंने भी सोचा, ये यहाँ जो ऊधम मचाएँगी, इससे अच्छा है आरती में ही ले चलें। थक जाएगी तो चैन से जल्दी सो जाएगी।

बच्चे, क्या वे सभी जल्दी सो गये थे! सुबह उसे सैर पर जाने की आदत है। बिना जरा-सी भी आवाज किये वह बाहर निकल गयी पर लौटी तो देखा सामने तिगड्डा लॉन में घूम रहा है। शुक्र है यहाँ सामने ही दिख गये, आज वह दरबान को हिदायत दे देगी कि बच्चों को हाइवे पर न निकलने दे।

'नानी-नानी' कहते लड़कियों ने उसे पकड़ लिया पर उसने नोटिस नहीं लिया कि 'देव' कहाँ चला गया। उनसे पूछा—

''अभी तो साढ़े सात ही बजे हैं, तुम सब उठ गये?''

''नानी, हमें देव तो यहाँ का कुछ दिखा नहीं रहा था। हमने ही सुबह उठकर यहाँ उसे 'मसाईमारा' दिखा दिया।''

''मसाईमारा तो तुम्हारे 'केन्या' में है—यहाँ कौन-सा मसाईमारा पैदा हो गया है?''

''नानी, सुबह उठे न तो बाल्कनी में बन्दरों का ग्रुप बैठा हुआ था। खिड़की में से हमारा उनके साथ डायलॉग शुरू हो गया। देव तो बिस्तर में दुबक गया पर हमें डर नहीं लगता। नानी-नानी, उनके बेबीज खूब मजे कर रहे थे, पर उनकी माँ उनकी पूँछ पकड़ उन्हें हमारे पास आने से मना कर रही थी। हमने समझा नानी हमें 'गेम पार्क' में लायी है पर देव को तो कुछ पता ही नहीं। हमने मॉम और मासी से पूछा तो उन्होंने कहा, ''बस लॉन में ही रहना।''

यह छोटी भी अजीब है, सोये हुए बच्चे को जगा कर उनके साथ कर दिया।

शेरनियाँ तो मेमने को दबोचेंगी ही। बेवकूफ छोटी हर वक्त सेक्रीफाइज—बेटा भी वैसा ही बनता जा रहा है। लड़कियाँ अपना राग अलाप रही थीं—"नानी, कोई बड़े एनिमल्ज तो नहीं दिखे पर हमें मजा बहुत आया। एक ट्रेजडी जरूर हो गयी। अगर आप गुस्सा न करें तो बताएँ?"

वह साँस रोक कर उनकी तरफ देख रही थी। "नानी, गेट पर एक छोटा-सा 'पप' मैंने देखा। मैं उसे पकड़ने गयी तो वह अस्कारी (दरबान) के केबिन में भाग दुबक गया। देव उसे लेकर आया पर मेरे हाथों से फिसल वहाँ, जो बाउँड्री वॉल टूटी हुई है—हमारे पीछे की तरफ, रेलवे लाइन वाली साइड पर, जहाँ श्रब्ज (झाड़ियों) का कलस्टर है, वहाँ शायद पानी इकट्ठा हो रहा है और कोई 'पिग्ज फेमिली' रह रही है। वहाँ उन्होंने उसे क्रश कर दिया। नानी मसाईमारा में तो चिल्लाते रहते हैं कि 'किल' देखने को नहीं मिलता। पर यहाँ सुबह-सुबह ही 'किल' देखने को मिल गया।

"मजा आ गया" कहते कहते वह उनकी तरफ देख रुक गयी।

—पप मर रहा था और तुम्हें मजा आ गया, बहुत बुरी बात है। तुमने उसे बचाया क्यों नहीं?

"नानी किसी की लड़ाई में कूदना गलत बात है...टीचर कहती है, सबको अपने सर्वाइवल के लिए खुद कोशिश करनी चाहिए।"

भौंचक्क वह लड़कियों की तरफ देख रही थी पर उसकी आँखें 'देव' की तलाश कर रही थीं।

आज हमारा ब्याह

पाँच बजे थे जब विशाल का फोन आया, ''मासी बारात पहुँचने वाली है और आप अभी तक पहुँचीं नहीं!''

अपने सामने साड़ी और लुंगी-टॉप रक्खे वह अभी सोच ही रही थी कि क्या पहनें। फोन ने उसकी समस्या हल कर दी। साड़ी पहनने में तो समय लगता इसलिए उसने जल्दी से लुंगी-टॉप पहना, ऊपर से लुंगी से मैच करती सुन्दर स्लीवलेस जैकेट पहनी और बाहर निकल आयी।

ऊपर के स्वीट से अभी न भाई-भाभी उतरे थे न साथ वाले स्वीट से बहन जीजा, हाँ, विशाल और भानजी के कीनिया से आये मित्रदम्पती सिंग जरूर बाहर खड़े थे। उसे देखकर बोले, ''मैंने बग्घी को आने के लिए कह दिया है।''

बग्घी से उनका मतलब था बैटरी से चलनेवाली अधखुली गाड़ी जो इस ताजरेबक रिजॉर्ट के मेहमानों और उनके सामान को इधर से उधर और उधर से इधर पहुँचाने वाला वाहन है। लकड़ी और शीशे से बने इस शानदार स्वीट्ज और हरियाली से आच्छादित यहाँ की सुन्दर वीथियों में खड़े होना, यहाँ पर पैदल चलना उसे बहुत अच्छा लगता है। वैसे भी धूप ढल चुकी थी, उसने सिंग दम्पती से कहा—

''आज बीच पर ही तो जाना है—सामने स्विमिंग पुल से निकलती हुई आपकी बग्घी के पहुँचने से पहले ही पहुँच जाऊँगी, अच्छा वहीं मिलते हैं,'' कहते हुए वह स्विमिंग-पूल की तरफ बढ़ गयी।

ठीक हुआ भी ऐसा ही। उनका पहुँचना तो क्या अभी तो इवेन्ट मैनेजर भी वेन्यू का मुआयना करती कभी कहीं खम्भों पर लपेटे रंगीन कपड़ों को और कहीं फूलों को हाथ लगाकर सहलाती जैसे उनसे कह रही थी, ''देखो कहना मानो, हवा के साथ बहको नहीं।'' वहीं छाया में खड़ा भानजा और रति बहू मिल गये। उसके कहने पर ''पूरे दस मिनिट में तैयार हो कर आयी हूँ, विशाल ने फो...''

''विशाल भाई ऐसे ही जल्दी मचा रहे हैं, हम पहुँच गये हैं ना! बड़े बुजुर्गों

को आराम से आने दें, भानजे ने थोड़ा तल्ख आवाज में कहा, ''वैसे आप बहुत अच्छी लग रही हैं!''

तभी एक बग्घी आकर रुकी, उसमें से उतरने वाली आन्या थी जो रति को एक तरफ ले जाकर कुछ कह रही थी। रति उनके पास आयी और बोली, ''दीदी ने वान्या (दुल्हन) को कह दिया है तू बिल्कुल अच्छी नहीं लग रही, वह शायद रो रही है—मैं उसका मूड ठीक करने जा रही हूँ।''

दीदी यानी उसकी भानजी जो पंजाबी पारम्परिक मूल्यों में इतना ढल चुकी है कि उसे पंजाबी साज-सज्जा, शानो-शौकत के और कुछ पसन्द ही नहीं आता, उसको अपनी बेटियों की आधुनिकता में मीन मेख निकालनी ही होती है। अपने सामने उसे कोई सुन्दर लगता ही नहीं जबकि सुन्दरता सम्पूर्ण व्यक्तित्व में होती है, किसी खास बाहरी तौर पर दिखने में नहीं।

उसी वक्त ढोल-ढमाके की आवाज शुरू हो गयी और सब कुछ दिमाग से निकल गया। भानजा उससे कह रहा था—

''ये मल्लू है या कर्नाटकी—दो दिन में ही पंजाबी रंग में रंग गये हैं। एक घंटे पहले हमें कहलवाया अपना डी.जे. भेज दीजिए, हम बल्ले-बल्ले करते हुए आएँगे। कल की कॉकटेल और संगीत में हुए नाच से सचमुच इन्हें भी नाचने का शौक पड़ गया है।''

सचमुच माहौल में रंग आ गया—दे डमाडम, दे डमाडम ढोल के ठमाकों में दक्षिण भारतीयों का पंजाबियों की तरह से हाथ पाँवों को हिलाना-डुलाना लुभा रहा था।

सामने विशाल लहराता सागर, धीमे-धीमे पीछे हटता सूरज-पानी को छूकर आती हवा ने मई में भी गर्मी नहीं रहने दी थी—प्रकृति की इस विशाल पृष्ठभूमि में यह उत्सव बड़ा पावन-आध्यात्मिक और दिव्य सौन्दर्य को परोस रहा था। वान्या की कल्पनाशीलता की तारीफ की जानी चाहिए।

आज की बिगफैट वेडिंग्ज से भिन्न वह इसे एक लड़की के अपने बल पर अपने सपने के साकार होने को देख रही थी।

वह जानती है सारे खर्च का भार वान्या ने कल्याण के साथ मिलकर लिया है। यह बात अलग है कि भारतीय मानसिकता के कारण लड़की के बाप होने के नाते विशाल ने वान्या से कहा, ''अपनी बेटी की शादी पर हम उसके ससुराल वालों से खर्च नहीं करवाएँगे।'' पर लड़की-लड़के की समानता पर बल देती वान्या ने बीच का रास्ता सुझाया, ''हम दो रातों के लिए खर्च करेंगे—उससे पहले रिजॉर्ट पर आये अपने मेहमानों के लिए कल्याण या उसके परिवार वाले ही जिम्मेदारी लेंगे। फेरों के बाद होनेवाले रिसेप्शन का खर्च भी कल्याणपक्ष की करेगा। विवाह

के नाम पर अगर उनके सम्बन्धियों को आप कुछ उपहार देते हैं और बदले में वे हमारे सम्बन्धियों को कुछ उपहार देते हैं तो आप ना-नुकुर नहीं करेंगे।''

बराबरी के इस न्याय से विशाल का अहम् जरूर खंडित हुआ पर सहमति के अलावा वह कर भी क्या सकता था। उसका बस चलता तो वह इनकी शादी की ही स्वीकृति न देता—पर अमेरिका में पाँच साल पढ़ाई और फिर पाँच साल से नौकरी कर रही समर्थ और व्यक्तित्ववान वान्या के आगे उसकी एक नहीं चली।

यूँ वान्या ने ना माँ-बाप की अवज्ञा की ना उनकी सूक्ष्म प्रिंकिंग का ही बुरा माना, ''हे भगवान! छोटी को तो कोई गोरे रंग का मुंडा ही पसन्द आये'' जैसे वाक्यों का सुनकर अनसुना करती मुस्कराकर अपनी मनचाही कर रही थी। हालाँकि धार्मिक रस्मों और रीति-रिवाजों के पूरे पालन के लिए एक पूरा स्वीट उसने अलग से रखवा लिया था। सुरुचिपूर्ण व्यवस्था के लिए वान्या अपने माँ-बाप कि पहुँचने से भी एक दिन पहले (अमेरिका से) लंकावी पहुँच गयी थी। निश्चित तिथियों से एक दिन पहले तो अपनी बड़ी बहन और भाई-भाभी के साथ वह भी आ गयी थी। उसी दिन शाम को सत्यनारायण की कथा के बाद अनौपचारिक ढंग से बिना डी.जे. के सी.डी. लगाकर जो सब लोग नाचे तो रेबक टापू के एकान्त में बहार आ गयी।

रात के ढाई बज गये थे जब वह अपने कमरे में सोने आयी—बच्चे लोग तो अभी भी नाच गा रहे थे। आँख खुली, घड़ी देखी, पाँच बजे थे, वह करवट बदलकर सो गयी पर दोहरे पर्दों के बावजूद भी कमरे में रोशनी हो रही थी। चेतना में आया कि दिल्ली और यहाँ के समय में तीन साढ़े तीन घंटे का अन्तर है। यहाँ के हिसाब से तो आठ साढ़े आठ होंगे। पर्दा हटाया, चमकती धूप में झूमते पाम के पेड़। अब उठना तो होगा ही। उसने जल्दी से मुँह धोया, ब्रश किया और थोड़ा-सा घूमने के इरादे से स्विमिंग-पूल पर आ गयी। छोटी, वान्या की एक सहेली के साथ पूल में तैर रही थी—सामने दिखाई देते डाइनिंग हॉल की सीढ़ियों पर भानजा उसे आने का इशारा कर रहा था, पास आ कर बोला, ''मासी, ब्रेकफास्ट ग्यारह बजे तक है—हमारे साथ ही आ जाइए वर्ना मिस हो जाएगा।'' रात के कपड़ों में बिना नहाये-धोये भीतर जाने में उसे हिचक आ रही थी फिर सोचा अपने लोग ही तो हैं—कमरे में तैयार होने के लिए चली गयी तो समय सीमा में आना सम्भव न होगा। फलों और जूस वाले कॉर्नर से उसने जूस-फल लिये और बाहर बरामदे में लगी टेबल पर आ गयी। भानजे से यह कहते हुए कि उसके लिए ब्राउन ब्रेड के टोस्ट, ऑमलेट और चाय बाहर टेबल पर भिजवा दें।

जूस पीते हुए वह सोच रही थी 'वक़्त कितना बदल गया है—लड़कियाँ अपनी शादी के लिए खुद सब इन्तजाम कर रही हैं—सबके सामने स्विमिंग-पूल

में छोटे-छोटे कपड़ों में तैर रही हैं—उसे याद आया अपना बचपन, एक ही स्कूल में दोनों बहनें पढ़ती थीं, यूनिफॉर्म में सलवार, कमीज, दुपट्टा अनिवार्य थे। बाऊजी रोज हिदायत देते, "दोनों साथ जाना, साथ आना—बहन से कहते, सिर पर कपड़ा कर" बहन बुरा-सा मुँह बना तहाई हुई चुन्नी सिर पर रख लेती और गली के मोड़ पर आते ही उतार देती। गुरुद्वारे के छोटे वाले रास्ते को छोड़ बड़े रास्ते से निकलती क्योंकि गुरुद्वारे के नीला चोगा पहने भाई जी के डंडे से उन्हें डर लगता था—उसे समझ नहीं आता था कि 'कपड़ा कर, कपड़ा कर' की रट ये लोग क्यों लगाते हैं? वहीं थोड़ी दूर पर इकट्ठा खड़े बेहूदी बातें और हरकतें करते लड़कों पर तो इनके डंडे नहीं बरसते! बहन बी.ए. फर्स्ट ईयर में ही पढ़ती थी कि उसकी शादी बाऊजी ने तय कर दी—सैकिंड इयर की परीक्षा तो वह दे चुकी थी पर उसे बी.ए. पूरा नहीं करने दिया, यह कहकर कि इसके ससुराल वालों को इससे कोई नौकरी नहीं करानी। उसे हायर सैकेंडरी की परीक्षा देनी थी। मोहल्ले का एक लड़का जिसे पक्के तौर पर पता चल गया था कि इग्जाम में ये प्रश्न आ रहे हैं—बताने के लिए आया था पर भाई ने उसे घर में ही नहीं घुसने दिया था।

उसी दिन उसने ठान लिया कि वह खूब पढ़ेगी और नौकरी भी करेगी। दत्तचित्त होकर की गयी उसकी मेहनत का ही परिणाम था कि एम.ए. पास करते ही, बिना आवेदन दिये मेरिट में आये दस लड़के-लड़कियों में से उसे दिल्ली विश्वविद्यालय में प्रतिष्ठित कॉलेज में असिस्टेंट लेक्चरर के लिए चुना गया। आत्मानुशासित जीवन जीने के बावजूद घर पर उसे रोज बाऊजी की 'लड़कियों को अपनी मर्यादा में रहना चाहिए' वाली नैतिक खुराक पिलाई जाती। उसके को-एड कॉलेज का कोई मेल कलीग किसी काम से भी घर आ जाये तो भाई का मुँह सूज जाता। ऐसी पृष्ठभूमि में उसने निर्णय लिया कि इनके द्वारा तय किये गये रिश्ते में बँधने की अपेक्षा वह कुँवारी रहना ही पसन्द करेगी। उसकी बढ़ती उम्र और घर में आते पैसों के साथ उसकी 'शादी कर ले, शादी कर ले' की आवाज धीमी होती चली गयी। दिल का दरवाजा बन्द रखने से न उसकी जिन्दगी में किसी ने प्रवेश पाया और अपने मन में बैठे संस्कारों से न वह किसी को हुक ही कर पायी। अपने रिश्तेदारों की नजर में 'अपनी शर्तों पर जीती स्वतन्त्र जिन्दगी में, वह रिश्तों में कब नानी-दादी बन गयी, उसे पता ही न चला।' वह उम्र में बड़ी हो गयी है इस बात का तो उसे अहसास था पर परिवार के बच्चों और युवाओं ने हमेशा उसे महसूस करवाया कि वह औरों से अलग है और समय की नब्ज को पहचानने की वजह से अपने वजूद के साथ जवानों से भी ज्यादा जवान है। यही कारण रहा होगा कि बच्चों और युवाओं को जब बुजुर्गों से और बुजुर्गों को जब नयी पीढ़ी से कुछ

मनवाना या समझाना होता तो दोनों ही इस मासी या बुआ को ढूँढ़ते।

"अभी तक आपने चाय खत्म नहीं की, चाय तो ठंडी हो गई होगी—ताज़ी गर्म के लिए कहूँ?" रति उससे पूछ रही थी।"

"नो आई एम थ्रू-बस"

" तो आइए फिर देखते हैं मेंहदी और यहाँ के कलाकारों के डान्सिस के लिए क्या अरेंजमेंट हो रहा है।" भानजे ने उसका हाथ पकड़ा और स्विमिंग-पूल पर पहुँच गये। मजेंटा और पर्पल रंगों से स्थान को आयोजित करवाती इवेंट मैनेजर के पास पहुँच वह उससे कह रही थी, "बहुत ही सुन्दर रंग लग रहे हैं।" तभी किसी ने सम्भवतः म्यूजिक सिस्टम को चैक करने के लिए सी.डी. लगा दिया था और फड़कती धुन में भानजे ने नाचना शुरू कर दिया था। उसके देखा देखी, वान्या की सहेलियों और कजंज ने भी नाचना शुरू कर दिया। 'मैं तो ऐंवेंई ऐंवेंई ऐंवेंई लुट गया' के साथ गाते-नाचते परिवेश में वह भी मस्ती में थिरक रही थी। मेंहदी की रस्म शुरू होने से बहुत पहले ही मेंहदी की रंगत आ गयी थी। अपने पास नाचते भानजे को वह कह रही थी, 'शाम कॉकटेल पर मुझको फ्लोर पर जरूर ले चलना, खासकर जब बॉलडांस के लिए म्यूजिक नम्बर चल रहा हो। 'मजा आ गया' और आँखें बन्द करके वह फिर झूमने लगी। "मासी आप सो जाती हैं या कहीं खो जाती हैं?" उसकी बाँहों को हिलाती रति कह रही थी, "देखिए वान्या आ रही है।"

बीच वेन्यू में बनाई वेदी पर पंडितजी बैठे हुए थे और सामने से छोटी और शिवानी के साथ दुल्हन बनी वान्या आ रही थी। यह वान्या है? इतनी सुन्दर वधू, माथे पर राजस्थानी बोरला, वैजयन्ती माला की तरह आँखों के मेकअप से कटीली आँखें, बाहों पर पंजाबी कलीरे,—उत्तर प्रदेशी लहँगा चोली, भारतीयता भी क्या चीज़ है—वह अपने मन में प्रसन्न होते कह रही थी। तालियों की गड़गड़ाहट में वान्या और कल्याण ने पूरी नफासत से एक-दूसरे को मालाएँ पहनायीं। पंडित जी के सामने आकर बैठ गये, उनके दायें-बायें दोनों के माता-पिता। पंडितजी को एक घंटे का समय दिया गया था क्योंकि इसी वेन्यू पर पहले हिन्दू प्रणाली से 'सप्तपदी' और बाद में यहीं रिसेप्शन पश्चिमी ढंग से होना तय हुआ था।

पंडितजी का मन्त्रोच्चार चल रहा था—उसको यह सब नाटक लगता रहा है पर आज नीले आकाश के नीचे, सागर की तरंगों से तरंगित यहाँ लयात्मक प्रकृति के साथ अपने मन के स्वर को मिलाते हुए इस जोड़े का विवाह उसे लुभा रहा था—सचमुच शान्त उत्सवी गायन चल रहा था। रति ने उसे हिलाया—विवाह सम्पन्न हो चुका था। वान्या और कल्याण वेदी से नीचे उतर रहे थे। वान्या पिता के घर

की खुशहाली के लिए फुल्लियाँ पीछे फेंक रही थी—गुपचुप आँसू उसकी आँखों में थे, साथ ही उल्लास। फूलों से सजी डोली में वह बैठी। घराती और बराती युवकों ने (भाई और देवर ने) फूलों लिपटी डंडियों को पकड़ा ही था कि डी.जे. ने सी.डी. चालू करवा दिया—ले जाएँगे—ले जाएँगे दिलवाले दुल्हनियाँ ले जाएँगे।

उसको हँसी आ गयी और वहीं, कुर्सी पर बैठ गयी। रिसेप्शन का समय साढ़े सात था। इवेन्ट मैनेजर ने तत्काल वेन्यू का डेकोर बदलने के लिए हिदायतें देनी शुरू कर दी थीं। वेदी वाली जगह पर बड़ी-सी डांसिंग मैट बिछाकर फ्लोर तैयार करवा दिया गया। वह वहीं 'बीच' पर ही बैठे रहना चाहती थी क्योंकि सब लोग तो नये ढंग से सजने-धजने के लिए अपने-अपने कमरों में चले गये थे। कपड़े बदलने का उसका कोई इरादा नहीं था। वैसे भी आयोजन भारतीय ढंग का हो या पश्चिमी ढंग का, उसको अपनी पोशाक वही पहननी होती है जो वह पहनती है—यहाँ की व्यवस्था में वह बाधा न बन जाय इसलिए वह सामने होटल की एक टेबल पर चली आयी। जैसे ही लोग आना शुरू हो जाएँगे वह डांसिंग-फ्लोर के पास वाली टेबल पर आ जाएगी। अभी साढ़े सात नहीं बजे थे कि नीला या काला सूट पहने कल्याण के पिता मेहमानों की आगवानी के लिए पहुँच गये। चहल-पहल शुरू हो गयी, ड्रिंक्स सर्व हो रहे थे 'अब वह चाहे तो वहाँ जा सकती है, उसने सोचा। जाने से पहले वह अपने को फ्रेश करने के लिए वॉशरूम में गयी, बाहर निकली यह सोचते हुए कि वह थोड़ा घुमाव लेकर समुद्र की तरफ से डॉसिंग फ्लोर के पास वाली टेबल की तरफ बैठ जाएगी। अभी वह पगपथ पर ही थी कि उसे विशाल की आवाज सुनाई देने लगी। तो विशाल स्पीच दे रहा है—यह पश्चिमी रिवाज होगा—वह पेड़ के पास वाली टेबल पर बैठ गयी—हल्के पीच रंग के टेबल कवर्ज़ पर पीच और औरेंज रंग के आर्किड्ज वेन्यू के बदले हुए मिजाज को दिखा रहे थे। फूलदान के साथ छोटी-छोटी डिब्बियाँ पड़ी थीं—उसने खोला चॉकलेट जेम्ज जैसी टिकियाँ जिन पर वान्या कल्याण वेडिंग—किन्हीं पर कल्याण और वान्या की कलाकृतियाँ अंकित थीं। उसने एक डिब्बी को अपने बैग में डाल लिया—ध्यान खींचा विशाल की विश्वस्त और भावभरी आवाज ने—अंग्रेजी में वह बोल रहा था—

"मैंने अपनी दोनों बेटियों वान्या और आन्या को लड़कों की तरह से पाला, पढ़ने के लिए अमेरिका भेजा। वान्या डियर, तुम्हारे हित के लिए हो सकता है मैंने बहुत बार सख्त व्यवहार किया हो—उसके लिए आई अपोलोजाईज—" (ओह, नो पापा, बीच में किसी मेज से तत्काल' वान्या की आवाज आयी...)

उसकी आँखों के सामने बॉक्सिंग-बॉक्सिंग खेलता विशाल और आँसू बहाती भानजी खड़ी हो जाती है। बाक्सिंग के नाम पर नन्हीं-सी बच्ची पर मुक्के

बरसाना, लड़का न होने की अपनी कुंठा को निकालना था या लड़कों की तरह पालना? नैरोबी में रहते हुए भारत से गये हुए अधिकांश लोग अपने बच्चों को यू.एस. या यू.के. भेजते हैं। उसने भेजा तो क्या अहसान किया? यू.एस. में गये बच्चे आत्मनिर्भर होने के लिए पढ़ाई के साथ-साथ जॉब भी तो करने लगते हैं—उस पर वान्या तो बहुत स्वाभिमानी है। उसे लगा उसके कन्धे पर किसी ने हाथ रक्खा है। मुड़कर देखा आन्या मेज पर रक्खे दो बियर के ग्लासों की ओर इशारा कर रही थी, और उसके पास की कुर्सी पर बैठ गयी थी—विशाल की स्पीच चल रही थी—

"अपने बच्चों से पार्टिंग बहुत मुश्किल होती है—उन्हें जिस किसी के हवाले भी तो नहीं किया जा सकता। कल्याण, तुम मेरे लिए एक्सेप्शन हो क्योंकि तुम्हें वान्या ने चुना है। वान्या, तुम्हें पता भी नहीं चला होगा—बिना तुम्हारी जानकारी के कल्याण से अकेले में तीन चार बार मिला हूँ—मुझे तुम्हारी पसन्द पर पूरा भरोसा है..."

आन्या उसे बार-बार यहाँ से उठने के लिए कह रही थी पर उसका यहाँ से हिलने का भी मन नहीं था। तभी तालियाँ बजीं यानी विशाल अपनी बात पूरी कर चुका था। कल्याण के पिता ने भी आभार प्रकट करते हुए दो चार औपचारिक वाक्य बोले और केक काटने के लिए वान्या और कल्याण को आमन्त्रित किया। शैम्पेन उड़ाई गयी—उल्लास में उल्लसित सभी वान्या से मिलने के लिए आतुर थे। वह इन्तज़ार कर रही थी कि उसने कल्याण को अपनी तरफ आते देखा। वह उससे कहे बगैर न रह सकी 'कल्याण, तुम्हारा जादू चल गया—वान्या एकदम दक्षिण भारतीय लग रही है'—वह कुछ और कहती कि कल्याण ने उसे रोका—"मासी, प्लीज उसे ऐसा मत कह देना, वह इसे कॉम्प्लीमेंट की तरह से नहीं ले रही।"

"ओह" कहकर वह चुप लगा गयी पर उसका मतलब वान्या के दक्षिण भारतीय साड़ी में सुन्दर लगने से था। अपना व्यक्तित्व खो देने से नहीं। उसे अच्छा लगा, कल्याण वान्या की भावनाओं को समझता है और उसके व्यक्तित्व को यथावत् बनाये रखने के लिए सक्रिय भी है।

डिनर सर्व हो गया और उसके साथ-साथ डांसिंग फ्लोर पर आमन्त्रित डांसिंग ग्रुप के मुख्य नर्तक ने फायर 'डांस' की उद्घोषणा भी कर दी आग के विविध खेलों की ऐन्द्रिय प्रतीकात्मक प्रस्तुतियों के बीच वर-वधू के लिए चुटकियाँ लेते हुए वान्या और कल्याण को अपने साथ नाचने के लिए बुलाया—"देखते हैं कि आज का हॉट कपल इस आग में टिक पाता है या नहीं।" अपनी कुशलता से उसने कल्याण के मुँह से आग भी निकलवा ली—उसे इस आग से डर लग रहा

था—आँखें बन्द कर वह बुदबुदा रही थी—"नो मोर फायर प्लीज—अब नॉर्मल डांस होने दीजिए।"

तालियों की गड़गड़ाहट में उसने आँखें खोलीं, कल्याण और वान्या के डांस के साथ गतिशील हंगामे वाला नाच शुरू हो गया—जुनून में आये लड़के-लड़कियाँ क्या, अपनी-अपनी मस्ती में उपस्थित सभी जोड़े गा और झूम रहे थे।

वह मन ही मन सोच रही थी, कितना अच्छा हुआ कि मई के महीने में बिना बारिश हुए विवाह कार्य अच्छी तरह से सम्पन्न हो गया—अब बूँदें बरसने लगें तो कितना अच्छा हो—बूँदें बरसती रहें—बरसती रहें—वह भीग जाये-भीगती जाये...'

विशाल उसके पास आकर बैठते हुए उससे कह रहा था, "मासी, मैं तो थक गया—अकेली वान्या मिल ही नहीं रही—आपको मौका मिले तो आप उसे समझा दीजिए कि अपने मेडन नेम के साथ कल्याण का सरनेम जरूर लगा ले...आप ही सोचिए ऐसा न करने पर कल्याण को बुरा नहीं लगेगा?"

"अपनी इस सोच को कल्याण पर थोपना छोड़ो—बेकार की ये सब बातें भूल जाओ, नाम में क्या रक्खा है। वे दोनों दस सालों से एक साथ हैं—एक दूसरे को समझते हैं—शादी भी हम लोगों की तसल्ली के लिए कर रहे हैं, देखो माँ-बेटियाँ, कल्याण कैसे झूम रहे हैं—चलो एक डांस मुझे भी करवा दो" कहते हुए वह डांसिंग फ्लोर की तरफ आ गयी।

चरणोदकम्

अच्छा है ए.के. साथ नहीं आये—गंगाजी के किनारे अकेले चलते हुए आँखों में बचपन उतर आया है। सामन्ती युग के नाना हर की पैड़ी की किसी बड़ी हवेली में आकर रहते थे—पूरे कुनबे के साथ गर्मी की छुट्टियाँ बिताई जाती थीं। दोपहर में नाना की आँख लगते ही सब बच्चे यानी कि मेरा भाई, बड़ी मासी की बेटी और मामा, जो हम सबसे बड़े थे पर हमारे नेता और दोस्त, गंगा नहाने के लिए निकल पड़ते। मामा के प्रयासों से तैरना हम सब सीख ही गये थे। हर की पैड़ी की धारा के बीच में बनी पटरी पर तेज प्रवाह में मामा खड़े हो जाते और हम तीनों भाई-बहन, कोई हाथ फैला-फैला कर तैरता, कोई कुत्ते की तरह से बस मुँह निकाले, पटरी के पास पहुँच जाते और एक-दूसरे का हाथ पकड़े जंजीर बने तब तक खड़े रहते जब तक सन्तुलन सधा रहता—कोई भी लड़खड़ाया तो सब पानी में। कभी-कभी तो तैरकर लक्ष्मीनारायण मन्दिर की परिक्रमा भी कर लेते। दोपहर में भीड़ नहीं होती थी और हम तब तक नहाते रहते जब तक ठिठुर नहीं जाते। पिछले जन्म की-सी बात हो गये वे दिन। अब तो भीड़-भाड़ में जाने का मन ही नहीं होता। पता चला कि हर की पैड़ी पर तो हर दिन मेला ही लगा रहता है इसलिए वहाँ जाने की तो सोच भी नहीं सकती थी। मेरी दिल्ली की मेरी मित्र और कलीग का कनखल आश्रम में अपना दो कमरों का सेट है। इसलिए उनके साथ गंगाजी पर आ गयी।

दक्ष प्रजापति के मन्दिर में बचपन में कभी आना हुआ होगा पर इस बदले हुए विशाल मन्दिर परिसर की धुँधली स्मृति भी नहीं। गंगा जी बेशक वैसे ही बह रही हैं पर सारा परिवेश बिल्कुल बदल गया है। घूमते हुए पता चला कि पिछले पड़े कुम्भ में पूरे तट के घाटों पर रेलिंग लगवा दी गयी है—परले पार भी जाकर लोग नहा सकें, वहाँ भी रेलिंग लगी हुई है। लम्बा प्लेटफार्म सुबह की सैर के लिए आमन्त्रित करता है। दक्ष प्रजापति मन्दिर परिसर में प्रवेश करते ही भीतर की तरफ आते हुए एक पुल है जो आर-पार को जोड़ता है। प्लेटफॉर्म पर घास के

आयताकार टुकड़े और प्लेटफार्म पर लगाये गये पेड़ों पर बने चबूतरे इसको दर्शनीय और सुन्दर बना रहे हैं। पर पास पहुँचने पर इनकी कलई खुल जाती है—घास पर कुत्तों की सूखी टट्टियाँ और रेलिंग्ज पर चिपके अटे पड़े पॉलिथिन्ज, सूखी मालाओं और चिथड़ों के ढेर—जो कह रहे हैं कि भारत के लोग सुन्दर जगहें तो बना लेते हैं पर उनको यथावत् रखने के लिए जिस देखभाल की जरूरत होती है वह नहीं की जाती। प्लेटफॉर्म के पीछे पगडंडीनुमा सड़क पर साइकिल-रिक्शा और एकाध मोटर साइकिल भी आती-जाती नज़र में पड़ सकती है। हो सकता है कोई सरकारी प्रोजेक्ट उस तरफ चल रहा हो।

गंगा-तट पर तो मैं रात को ही आना चाह रही थी पर अंजलि दी ने 'सुबह जाना' का आदेश दे रोक दिया था। 'अभी मन्दिर में माँ को प्रणाम कर लो', माँ शब्द मेरी स्मृति में गंगा माँ के लिए है पर अंजलि दी का आशय मैं समझ गयी थी। शाम ढलते ही सम्भवतः गंगा-तट पर भँगेड़ी-चरसी साधुओं का अड्डा-बसेरा बन जाता हो।

रात को इसी निश्चय से सोई थी कि सुबह की सैर के लिए गंगा-तट पर जाऊँगी बिना अलार्म लगाये ही आँख पाँच-सवा पाँच बजे खुल गयी थी। आश्रम से छः, साढ़े छः से पहले निकलना मुश्किल था। इतना वक़्त तो अपने लिए चाहिए ही था। बाहर निकलते ही ठंडी हवा ने स्वागत किया—अच्छा है कार्डिगन पहन आयी हूँ, अपने आपसे कहा और.. मफलर को कानों पर लपेट लिया। 'दक्ष प्रजापति परिसर' के मुख्य द्वार से न जाकर आश्रम के सामने की गली से प्रवेश किया और मन्दिरों के बीच पहुँच गयी। घंटियों की ध्वनियों और सामने शान्त बहती गंगाजी अपने उसी शुभ्र रूप में बह रही थीं। पंडे-पुरोहित भी अपने-अपने तख़्त और चौकियाँ सजा अपने-अपने कर्मकांड में व्यस्त थे। पर वहाँ तक पहुँचने से पहले गली में बैठे भिखारियों की कतार से मन उखड़ गया। उन्हें देखा, दया या करुणा मन में नहीं उपजी। लगा जैसे कोई अलग-सी सज्जावाले दफ्तर में दाखिल हो गयी हूँ। गली में सबसे पहले कुर्सी-मेज लगाये रेजगारी की ढेरियाँ सामने रक्खे एक महिला विराजमान थी। पास ही एक अन्य कुर्सी पर एक और महिला बैठी हुई थी, जो सम्भवतः इन भिखारियों की ठेकेदार थी। काम-धन्धे की शुरुआत का-सा आभास हो रहा था—ऐसा महसूस हो रहा था जैसे इन सब की अपनी-अपनी निश्चित जगहें हैं। कोई दूसरा उनकी जगह पर नहीं बैठ सकता। शायद उस जगह का दाम चुका दे तो बैठ जाय—आसपास के आश्रमों या भक्तजनों से इन्हें खाना मिल जाता है। इसलिए कोई चिन्ता या अभाव या दर्द इनके चेहरों पर नहीं था। स्वेटर बुनती भिखारिन—(इस शब्द का इस्तेमाल करने का मन नहीं होता, कहना चाहिए अभ्यस्त ढंग से भजन गाते ये धन्धेबाज), जल्दी-जल्दी उस

छोटे से कौरीडोर या गली को पार कर चैन की साँस ली। चिड़चिढ़ाते हुए मन ने अपने को समझाया—'अब इस गली में यहाँ नहीं आना, लम्बा रास्ता भले ही तय करना पड़े।' धक्का उसके सौन्दर्यबोध को ही नहीं लगा था, धर्म के नाम पर खुलेआम किये जाते कपटाचरण को देखने की वजह से था। इस सबसे बेखबर गंगा जी बह रही थीं। अपनी सहज प्रकृति में—ठंडी हवा चल रही थी और धीरे-धीरे मेरे पाँव भी उस लय में लीन उस अग्राह्य दृश्य को चेतना से हटा प्राकृतिक सौन्दर्य में डूब रहे थे। जीवन की सन्ध्या वेला को सुखद बनाने के लिए, यहाँ फ्लैट मिल जाय की आकांक्षा धीमी हुई थी पर खत्म नहीं। अच्छा है ए.के. साथ नहीं वरना उसे चार बात बना दिल्ली लौटा ले जाते। नहीं अमेरिका जाने का मन नहीं—जैसा भी है—यह मेरा अपना पहचाना परिवेश है—यहाँ वक्त बिताना नहीं पड़ता, बीत जाता है।

बचपन में जिस हवेली में रहते थे वहाँ कमरों की खिड़कियों में से गंगाजी दिखाई देती थीं। उन्हीं यादों को पुनजीर्वित करने के लिए लगा कि कमरे में दिन बिताने से अच्छा है पत्रिका लेकर गंगा पर चली जाऊँ। इससे पहले कि आलस आता, बैग में दो-चार सन्तरे और पत्रिका डाली—हल्का-सा शॉल कन्धे पर रक्खा, पर कमरे पर लगानेवाला ताला नहीं मिल रहा था—कहाँ रख दिया होगा? न मेज पर था न दरवाजे के कुंडे पर—कहाँ गया? हारकर पलंग पर बैठ ही रही थी कि किचन की स्लैब पर ताला दिखाई दे गया। उठाया उसे और बाहर आ गयी। अभी दरवाजा बन्द ही कर रही थी कि कान में ए.के. की आवाज पड़ी—

"कहाँ चल दी?"

"तुम? बिना फोन किये पहुँच गये। इससे अच्छा तो था कि एक दिन पहले हमारे साथ ही आ जाते।"

"तुम्हारे जाने के बाद महसूस हुआ कि यहाँ अकेले एक दिन गुज़ारना भी कितना मुश्किल है।"

मन में खुश थी कि ए.के. आ गये पर बेचैन भी थी कि न जाने ऐ.के. को आश्रम में रहना कैसा लगे? खाने का समय बीत चुका था। पूछा—"खाना खाया?" जिसके जवाब में वह कह रहे थे—

"खाना तो नहीं पर कुछ न कुछ खा ही तो रहा हूँ, परेशान मत हो—जानता हूँ तुम छोटी इलैक्ट्रिक केतली लायी हुई हो और फल भी तुमने ढेर सारा रक्खा होगा ताकि मन-पसन्द का खाना न मिले तो उसकी पूर्ति अच्छी-सी चाय से कर लो।"

"ठीक है तुम थोड़ा फ्रेश हो लो तो तुम्हें ग्रीन-टी पिलाती हूँ। बिना दूध के अच्छी लगेगी—साथ में बेकरीवाले बिस्किट रस्क या नमकीन मिक्सचर जो

चाहोगे दे दूँगी—वैसे मेथी वाली मट्ठी का पैक भी है।"

"रिलेक्स—मैं कोई मेहमान नहीं हूँ।"

नखरेबाज नहीं ए.के.—वैसे भी जिन्दगी का इतना लम्बा हिस्सा इकट्ठे बिता लेने के बाद एक दूसरे की पसन्दगी-नापसन्दगी की पूरी जानकारी तो हो ही जाती है। यूँ प्रेम-विवाह नहीं था हमारा। 'विप्रो' की फॉरेन पोस्टिंग पर थे ए.के. जब हमारा ब्याह हुआ—समर वेकेशन बिताने के तौर पर मैं वहाँ पहुँची थी पर ए. के. विप्रो की नौकरी छोड़ वहाँ जम गये। भारत लौटना नामुमकिन जान मैंने भी बेमन से ही सही कॉलेज की नौकरी छोड़ दी थी। बहुत-सा समय तो घर को व्यवस्थित करने और दोनों बेटों को बड़ा करने में बिता दिया। किसी चीज की कमी न होने के बावजूद गहरे में कहीं कुंठा मौजूद थी कि मैं आत्मनिर्भर नहीं हूँ। पर्याप्त कोशिश करने पर न्यूयॉर्क में एक कॉलेज में 'एशियन कल्चर और रिलिजन विभाग' में एक पार्ट-टाइम अध्यापन का मौक़ा जरूर मिला। हिन्दी और विशेषत: भारतीय धर्म में रुचि रखनेवाले कुछ छात्र अगर होते तो मुझे बुला लिया जाता। बहुत नियमित न होने के बावजूद मैं अपनी कुछ पहचान बन जाने में ही अपनी सार्थकता पाने लगी थी। ए.के. बहिर्मुखी स्वभाव, शोर-शराबे, पीने-पिलाने, दोस्तियाँ करने के बावजूद मेरे प्रति उसके लगाव (भले ही उसकी लाऊडनेस मुझे पसन्द नहीं थी) के कारण मैं अपने आप में व्यस्त और सन्तुष्ट थी। ए.के. भी अपने लिए बहुत स्पेस पाकर और मुझे घर और बच्चों की सारी जिम्मेदारी को सँभालते देख मुक्त और खुश थे। व्यक्त रूप से विरोधी स्वभाव के बावजूद हम दोनों एक दूसरे के आड़े कभी नहीं आये। इसका कारण शायद ए.के. का पारदर्शी स्वभाव और चुप रहने की मेरी आदत थी। पर अपने दोनों बेटों के अमरीकी लड़कियों से ब्याह और अपने-अपने घोंसले बना मुझसे अलग चले जाने से मैं अपने घर में बहुत खाली और अकेली हो गयी थी। वैसे भी अमेरिका की यान्त्रिक-सी जीवनशैली तो कभी रास आयी ही नहीं मुझे। ऐसे में मन की रिक्ति मन पर निरन्तर दबाव डाल रही थी—बार-बार एक ही आवाज उठ रही थी कि निस्तार और मुक्ति तो भारत लौट कर ही हो सकती है।

"तुम्हारी चाय और मट्ठी का तो मजा आ गया—तुमने नहीं ली?"

ए.के. मुझसे कह रहे थे।

"मैंने अभी खाना खाया है—शाम किसी रेस्तराँ या ढाबे पर तुम्हारे साथ चाय पीऊँगी। तुम अब यहाँ आराम करना चाहोगे या गंगा-तट पर ले चलूँ?"

"हाँ-हाँ क्यों नहीं—यहाँ क्या करना है—बाहर धूप होगी!"

मैं सोच रही थी, घर पर पूरी जिन्दगी बीत जाती है—अपने-अपने में व्यस्त इस तरफ ध्यान ही नहीं जाता कि दूसरा साथी शायद बोर हो रहा है या उदास है

पर यहाँ मात्र मैं कनखल में पहले पहुँच गयी हूँ—व्यवस्था मेरी है इसलिए ध्यान सारा इस बात पर है कि ए.के. बोर न हों—उसको एंटरटेन करने की जिम्मेदारी मेरी है। अकेली मैं तो परिसर में धूप के किसी भी टुकड़े पर—किसी भी सीढ़ी पर बैठकर या गंगा-तट पर पत्रिका को खोल और आस-पास को देखते सूँघते हुए भी समय बिता लेती पर अब तो मुझे गंगा और उसके परिवेश से ए. के. का परिचय करवाना है। ब्याह के बाद जब अमेरिका में पहुँची थी तब ए.के. ने भी तो मेरा पूरा ध्यान रक्खा था।

बाहर निकलने से पहले पति से पूछा—''बैग में दो फ्रूटी डाल लूँ—दो सन्तरे तो मेरे बैग में हैं!''

''अरे छोड़ो—पेट को कुछ आराम करने दो।''

''लग रहा था हनीमून की तरह से हम एक-दूसरे से फिर परिचित हो रहे हैं।''

क्या ही अच्छा हो कि पति को यहाँ का शान्तिदायक वातावरण रास आ जाय और यहाँ परिसर में ही एक कमरा हमें मिल जाय जहाँ अपनी सन्ध्या बेला आराम से बिता सकें। वैसे भी आश्रम अब पुराने जमाने की तरह केवल साधना स्थल नहीं रहे। स्वस्थ जीवन के लिए अपेक्षित सुविधाओं से युक्त तो हैं ही। यहाँ फालतू के दबावों से भी मुक्ति मिल जाती है और मेडिटेशन और योग का सुखद परिवेश भी।

''अरे भाई सामने देखकर चलो—तुम्हें पकड़ न लेता तो अभी खम्भे से टकरा जाती—लगता है मेरे बदले, बिना शाम हुए, तुमने ही नशा कर लिया है।''

''हाँ, ठीक कह रहे हो—प्रकृति सौन्दर्य का भी अपना नशा होता है—एक बार बस चढ़ जाना चाहिए, फिर तुम अपनी धुन में रहते हो। देखो, गंगाजी का पानी कितना ट्रांसपैरेंट है! पानी के नीचे पत्थर साफ नजर आ रहे हैं—चलो परली पार सामने चलते हैं—वहाँ से इधर का सबकुछ दिखाई भी देगा और हम भीड़ से भी दूर हो जाएँगे। वो देखो पेड़ के नीचे का चबूतरा। वहाँ बैठना चाहोगे या सीढ़ियों पर जो ठीक दक्ष मन्दिर के सामने हैं?''

''जहाँ बैठा दोगी बैठ जाएँगे, जैसे राखो वैसे रहना'' वाक्य में वे मुझ पर फब्ती कस रहे थे। सुना-अनसुना करते हुए मैंने कहा, ''अगर गर्मी होती तो हम पानी में पाँव डाल कर बैठ जाते पर अभी तो धूप-छाँही सीढ़ी पर ही बैठना होगा। देखो, उधर वे जलमुर्गियाँ हैं पानी में सिर डुबाती फिर गर्दन बाहर निकालतीं—सुबह तो इन्हें गर्दन निकालते देख मैं डर गयी थी, मुझे लगा साँप अपनी गर्दन निकाल रहा है।''

''मेरी डरपोक बीवी'' कहते हुए ए.के. हँस पड़े और बोले, ''इनको छोड़ो, सामने नहाते हुए लोगों को देख रही हो—जवान लड़कियाँ कैसे छोटे-छोटे कपड़ों

में नहा रही हैं—हिन्दुस्तान बहुत मॉडर्न हो गया है—कैमरा लाया होता यहाँ तो इनकी फोटो खींच लेता।''

''तुम्हें लड़कियों को नहाते हुए देखना अच्छा लग रहा है पर मुझे गुस्सा आ रहा है। देखो सामने गंगाजी में पुण्य कमाने के नाम पर छोटे-छोटे बच्चों को रोते-धोते ठंडे पानी में डुबकियाँ लगवाई जा रही हैं''—कॉस्ट्यूम लाया होता तो मेरा मन भी स्विमिंग करना चाह रहा है।''

मैंने देखा, दो चार लोकल लड़के-सामने से तैरते हुए इधर आ गये थे और अब हमारे पास से ड्राइव लगा रहे थे। ए.के. से पूछा—

''तुम इन्हें देख तैरने के लिए उत्साहित हो उठे हो—यहाँ वहीं तैर सकता है जिसे यहाँ तैरने का अभ्यास हो—पानी का प्रवाह यहाँ बहुत तेज है—बहुत गहरा पानी नहीं यहाँ पर, पाँव टिकाकर खड़ा होना मुश्किल होता है। बचपन में हम यहाँ गंगाजी पर बहुत आये हैं इसलिए जानती हूँ।''

''क्या फिरंगी यहाँ बहुत आते हैं?'' उनके इस प्रश्न के जवाब में मैं उन्हें बता रही थी, ''वो देखो दक्ष घाट के साथ वाले सती घाट की सीढ़ियों पर एक युवक के साथ भारतीय सलवार कमीज पहने जो महिलाएँ बैठी हुई हैं, वे फिरंगी ही हैं।''

''उन्हें छोड़ो, मेरी रुचि फिरंगियों में नहीं—जरा सामने देखो—''

''वो पंडागिरी चल रही है—गाँव देहात से आये लोगों को फाँस पंडितजी अपना बिजनिस कर रहे हैं।''

''आज कोई खास त्योहार है?''

''मुझे व्रत त्योहारों की तो कोई जानकारी नहीं होती। वैसे भी मेरी रुचि व्रत त्योहारों में नहीं—मुझे बहती हुई नदियाँ अच्छी लगती हैं, पेड़ों के नीचे बने चबूतरों पर बैठकर या सीढ़ियों से पारदर्शी पानी के नीचे पलने वाली दुनिया की गति और पत्थरों तक को देखना मुझे आकर्षित करता है।''

''अरे भीतर की दुनिया से बाहर आओ—देखो, सामने जो पूजा हो रही है उसमें क्या करवाया जा रहा है?''

मैंने देखा, एक जोड़े में से पहले पुरुष को पंडितजी मन्त्रपाठ के साथ अंजलि में जल भरवाकर गंगाजी में डलवाते हैं फिर पत्नी को एक सीढ़ी जल में उतरने के लिए कहते हैं, पति के पाँवों को धुलवाकर चरणामृत लेने का संकेत करते हैं। वितृष्णा में मैंने कहा, ''बस तुम्हारी नज़र ऐसी ही चीजों पर जाती है।''

''तो क्या मैं आँखें बन्द कर लूँ?—यही पूजा तो पंडाजी करवा रहे हैं—बाई द वे, अगर तुम्हें ऐसी पूजा करनी पड़े?''

"करनी पड़े मानी—तुम्हारे में बैठा पुरुष पाँव धुलवाकर बड़प्पन महसूस कर रहा है—"

कहकर मैं चुप्प-सी हो गयी, सोचने लगी दक्ष मन्दिर में पति के अपमान पर सती का यज्ञ अग्नि में कूदकर आत्मदाह कर लेना जैसी घटना की तुलना में चरणामृत धोकर उसका अमृतवत् पान करना तो बहुत मामूली बात है—पर उसके लिए पति का, साथी का भी तो शिव के समान स्वामी-सेवक और सखा या फ्रैंड-फिलॉसफर और गाईड के रूप में पूर्ण होना हो—पर ऐसा साथी चरण धुलवाने में अपने अहं की पूर्ति की आकांक्षा ही क्यों करने लगा? अर्द्धनारीश्वर की सम्पृक्तता—वाणी और अर्थ का-सा सामंजस्य पहले सम्भव तो हो और मैं मुस्कुराकर ए.के. की तरफ देख रही थी। बचपन में दयारामजी के मन्दिर की परिक्रमा में रक्खी मूर्तियों के पास पंडितजी हमें बैठा देते थे और हम भी रटा हुआ मन्त्र—"अकाल मृत्यु को हरने वाला, सर्वव्याधियों का विनाश करने वाला। विष्णुजी के चरणोदकम् को पीकर आवागमन के चक्र से मुक्ति मिलती है।" पाठ करते ग्रामीणजनों को चरणामृत देते, नाटक खेलने का सुख पाते थे। उसी खिलंदड़े नाटककार को अपने में जीवित करते ए.के. से कहा, "चलो, तुम्हारे लिए पूजा-पाठ भी कर लें—पंडितजी वाला।"

ए.के. चमत्कृत से हो गये मेरे इस प्रस्ताव से, पंडितजी भी परम प्रसन्न कि उसकी शान बढ़ाने एक आधुनिक-सा जोड़ा उनकी तरफ आ रहा है।

पूजा के नाम पर हमें सीढ़ियों पर उतारकर पंडितजी ने अपनी तोता रटन्त शुरू कर दी—हम दोनों भी यन्त्रवत् उनके निर्देशों का पालन कर रहे थे। एक मिनिट के लिए मुझे लगा कि पति के चरणों को धोकर चरणामृत लीजिए कहने का साहस वे नहीं कर पाएँगे, पर उन्होंने अपनी लय में वह सब कहा—मैंने भी अंजलि में जल भरा और पंडितजी से बोली, "अब तो गंगा जल भी प्रदूषित हो चुका है" कहते हुए मैंने वह जल पति के और अपने मुँह और कन्धों पर छिड़का और कहा, "पंडितजी, अब ये अन्तिम चरण की प्रक्रिया मेरे पति से करवाइए।"

पति का अहं से चमका हुआ मुँह फक्क हो रहा था। माथे पर त्यौरियाँ खिंच आयी थीं और पंडितजी मुझे अजीब नज़रों से देख रहे थे।

कोई बात नहीं

''जिम गया?''

स्क्रीन पर फिल्म की माँ बेटे से कह रही है। शायद यह देखकर वह हँसने लगता है। रम के गिलास से घूँट भरता है।

'' बेटे, वर्क-आउट किया कर, उससे टॉक्सिस निकल जाएँगे और तुझे इस कमबख़्त बैसाखी की ज़रूरत नहीं रहेगी।''

फिल्म की माँ की जगह उसको अपनी माँ की आवाज़ सुनाई देती है। माँ को गिलास दिखाई नहीं देना चाहिए और वह गटागट कोला की तरह रम पी जाता है।

देवदास क्यों बना हुआ है—आदमी बन—आजकल एक दूसरे से अलग हो जाना—किसी और से दोस्ती कर लेना—यह धोखा-वोखा नहीं—कोई बड़ी बात नहीं यह—जब लड़कियाँ इसे स्टिगमा नहीं मान रहीं तो तू क्यों सुलग रहा है?

''नो सर्मंज प्लीज़'' गले में आयी आर्द्रता से या होठों के कोने में लटकी मुस्कान में शायद वह बड़बड़ाया और बोतल से और रम उड़ेलने लगा। इस बार कोला नहीं सोडा मिलाता है। सिराहने शायद सिगरेट ढूँढने लगता है। वहीं पड़े रिमोट से टी.वी. को म्यूट पर कर देता है। पर आवाज उसे अभी भी सुनाई दे रही है।

''मुझसे शेयर कर, अपनी कसावट को ढीला कर। आसमान नहीं गिरा है। बहुत मामूली बात है। होश में आ।''

''सिगरेट किधर रख दिये। कल तक तो चार पैकेट थे। कहाँ गये? क्या सफाई करनेवाली उठा कर ले गयी या माँ...?''

पर माँ तो अर्से बीते उसके कमरे में नहीं आती। उसने उससे वादा किया था और विश्वास दिलाया था कि वह बस इतना चाहती है कि वह समय से घर लौट आया करे। अपने कमरे की सीढ़ियों को बोल्ट न किया करे। वह उसके कमरे

में ऊपर नहीं आएगी। बस उसकी आश्वस्ति के लिए सीढ़ियों का दरवाजा बन्द न किया करे।

इधर-उधर टटोलते हुए उसे लैपटॉप के लिड से पीछे से दो सिगरेट मिल गयी, उसने सिगरेट सुलगाया और लम्बी कश ली। बालकनी के दीवान पर बैठी सुमी उससे कह रही थी, ''मुझे दे दो।''

और उसने सिगरेट उसके होठों पर लगा दी। माँ अभी कॉलेज से आयी नहीं थी और वह नोएडा से सुमी की कॉल से घबराबर कि वह सुनसान-सी जगह पर पिज्जा हट के रेंडम सर्वे के लिए गयी हुई, अकेली पड़ गयी है, ऑफिस का काम ज्यों-का-त्यों छोड़कर उसे लेकर घर आ गया था। सुबह सेंडविच का एक टुकड़ा खाकर गया था। लंच के लिए समय ही नहीं मिला और अब उसे भूख लगी हुई थी। उसने सुमी से कहा, ''फ्रिज में सुबह के सेंडविच पड़े होंगे। मुझे काफी या चाय कुछ भी बना दे।''

''ऊ-ऊ ऽ थोड़ी देर में बना दूँगी। तुम टी-बैग्ज कहाँ हैं, निकाल दो।''

''मुझे टी-बैग वाली चाय नहीं पीनी। मैं अपने सारे काम छोड़ कर तेरी बे-बात-सी कॉल को सुनकर भी तुम किसी मुश्किल में न हो, इसीलिए तेरे पास पहुँच जाता हूँ। जब तू फर्स्ट इयर में आयी थी तभी से तेरा रक्षक बना हुआ हूँ वरना उस जाटों के कॉलेज में लड़कियों की वो गत बनाते हैं लड़के। तेरे माँ-बाप को तो तेरी फिक्र होती नहीं, न जाने कैसे हैं कि देर रात तक तेरे पहुँचने पर भी तुझे टोकते नहीं। यह तो मैं ही फिक्र की वजह से तुझे कभी छोड़कर आता—कभी तेरा यह काम और कभी वो काम कर देता। तेरे एम.ए. के वक्त तो तेरी स्पेशल क्लासेज के लिए अपने शनिवार-इतवार का आराम भी बरबाद करते हुए तुझे साउथ दिल्ली से नार्थ कैम्पस के हिन्दू कॉलेज से ले रहा हूँ तो कभी रामजस से। तू है कि सबकुछ भूल मेरे एक कप चाय बनाने के लिए भी नखरे कर रही है!''

''बनाती हूँ न, मेरे हाथ पकड़कर उठा न प्लीज़।''

और जैसे ही उसका हाथ पकड़ने के लिए उसने हाथ उठाया 'द इनोसेंट मैन' किताब पर रखे रम के गिलास में पड़, गीला-सा हो गया। वह बालकनी में नहीं था, अपने बैड पर लैपटॉप चिप्स के पैकेट पर झुका हुआ था। सिराहने पड़ा हुआ मोबाइल तभी टर्राया, उसने देखा नीचे का लैंड लाइन नम्बर था। बिना माँ को कुछ कहने का मौका दिये वह बोला, ''खाना प्लेट में डालकर रख दो, मैं अपने आप ले लूँगा।''

और फोन बन्द कर दिया। अपने भीतर वह निरन्तर बड़बड़ा रहा है।

मैं चुप क्यों नहीं होता?

मैं फिल्म क्यों नहीं देख रहा?

यह कसावट ढीली क्यों नहीं पड़ती?

माँ कहती है, ''कोई बात नहीं'' इतना टाइट लिप न रहूँ। कम-से-कम उन्हें तो बताऊँ। दिल हल्का करूँ और नॉर्मल हो जाऊँ। कैसे? कैसे?

उसका मन हुआ वह बाहर छत पर जाये। उठना चाहा उसने, पर गिलास में रम डाल फिर अधलेटा हो गया।

''मेरे पापा रिटायर हो रहे हैं, उससे पहले चाहते हैं कि हमारा ब्याह हो जाय।''

वह माँ को इसकी सूचना दे रहा है।

''सुमी के माँ-बाप रिटायर होकर दिल्ली छोड़कर अपने घर लौट रहे हैं, जाने से पहले वे एक सैरेमनी करना चाह रहे हैं ताकि सुमी हमारे घर, हमारे साथ रह सके।''

कैसा विशिष्ट सम्बन्ध बना था उनका जिसे 'लिव-इन-रिलेशनशिप' का नाम नहीं दिया जा सकता था। विवाह भी नहीं, पर विवाहित जोड़े जैसा। पारम्परिक सामाजिक-कानूनी बन्धनों के दबाव से मुक्त। थ्रिल मिला था उन्हें। प्रसन्न—इकट्ठे भी और आजाद भी।

''ओ माई मैन, सुनो, मुझे दुबई में जॉब मिल रही है। शुरुआत ही सात लाख के पैकेज से कर रहे हैं। यहाँ आई.एम.आर.बी. वाले क्या दे रहे हैं पच्चीस हज़ार!''

''तुझे जाना है जा, मुझे अपने दस पर एनम में पूरी तसल्ली है।''

''मैं खूब कमाकर अपने माँ-बाप को खूब घूमाना चाहती हूँ।''

''मैं जो हूँ बेवकूफ अपने काम और माँ को निगलेट करने वाला।''

''क्या मेरे लिए नहीं आ सकते?''

''मेरा करियर यहाँ है। मुझे कहीं नहीं जाना यहाँ की स्टैंडिंग को छोड़कर।''

''माई लव, फॉर माई सेक।''

''नो मोर इमोशनल ब्लैक मेलिंग। बहुत हो चुका। दसियों बार एअरपोर्ट पर रिसीव करने के लिए घंटा-घंटा खड़ा रहा हूँ, पचासों बार रात एक-एक बजे तुम्हें तुम्हारे दफ्तर से लेने गया हूँ। हजारों बार 'वन नाइन टू नाइन', 'रेडियो टेक्सी' बुलवाकर तुम्हारे लिए भेजी है। अपनी सारी कमाई तुम्हारे साथ सोशलाइजेशन और तुम्हारे एंटरटेनमेंट और बूज पर खर्च करता रहा हूँ। माँ बेचारी अभी तक मेहनत करती, पैसे-पैसे का हिसाब रखती, सारा खर्च चला रही है। उसकी मदद करना तो दूर हमारी सारी ज़िम्मेदारी यानी घर भर की जिम्मेदारी उसी की है।''

''इसीलिए तो मैं कह रही हूँ कि माँ को मुक्त करो और मेरे साथ चलो, वहाँ दोनों अपना घर बनाएँगे।''

''ताकि जो कुछ यहाँ मिल रहा है, वह भी न मिले। एक कमरा तो तुमसे यहाँ मैनेज नहीं हो रहा है, वहाँ पूरा घर मैनेज करोगी, वाह!''

''बिलीव मी, मैं सब कुछ करूँगी।''

''जैसे यहाँ कर रही हो, सुबह डाइनिंग टेबल पर तुम्हारे लिए चाय रखी होती है, ब्रेकफास्ट और लंच ऑफिस में होता है। रह गया डिनर, वो अकसर मैं बाहर से ही मँगवाता हूँ।''

''ऐसे क्यों नहीं सोचते कि हम दोनों वहाँ अपनी तरह से ज़िन्दगी जिएँगे।''

''सॉरी, अपनी तरह से नहीं, तुम्हारी तरह से जीना कहो।''

''लगता है तुम अब मुझसे प्यार नहीं करते।''

''प्यार माई फुट, तुम प्यार का मतलब क्या जानो। तुम्हारे लिए तो तुम्हारी हाँ में हाँ मिलाना ही प्यार है। अब तुम्हें मेरी जरूरत नहीं। वे हैं न हर वक्त तुम्हारी बूस्टिंग कर तुम्हारा इस्तेमाल करने वाले। नशा लग गया है तुम्हें उनका। मदहोश हो गयी हो। घर की जिन्दगी तुम्हारे लिए कोई मायने नहीं रखती।''

''देखो, झूठ मत बोलो। हमेशा से चिढ़ाते तो तुम रहे हो मुझे, तुम्हारी मम्मा की अलाँ दोस्त और फलाँ कुलीग अपनी बेटियों के ऑफर तुम्हारे लिए दे रही हैं।''

''ये मज़ाक़ तब थे जब तुम इस घर में आयी नहीं थी। तुम्हारे आने के बाद तुम्हारे अलावा मेरे लिए किसी और का वजूद ही नहीं था। तुम्हारे प्रति कमिटेड था तभी तो किसी की सुनी नहीं।''

''तो क्या तुम मुझे अकेला छोड़ दोगे?''

''दूसरे देश में जाने के लिए तो तुम कह रही हो। तुम्हारा क्या है तुम कहोगी कि मैं लेक्चरर बनना चाहती हूँ तो मैं यूनिवर्सिटी में जॉब लूँ। मान लो ले भी लूँ तो तुम कहोगी 'न-न मैं बहिनजी बनकर अपनी जिन्दगी ख़त्म नहीं कर सकती। मैंने एम.बी.ए. किया ही इसलिए है कि मैं मैनेजमेंट में जा सकूँ। पिछले दिनों तुम दिल्ली दूरदर्शन में चित्रहार की एंकर बनकर आई थी। कल कहोगी मुझे फिल्मों में जाना है। यू आर अ कनफ्यूज्ड पर्सन, तुम्हें स्टेबिलिटी चाहिए ही नहीं।''

''तुम मुझे फिकल माइंडिड कह रहे हो!''

''वो तो तुम हो ही। हर जानेवाला दिन और आनेवाली रात नये होते हुए भी नये नहीं होते। उनमें ताज़गी हम अपनी सोच से लाते हैं। पर तुम्हारा क्या तुम तो उस कामचोर 'बृजेश' के हाथों की फिरकनी बनी हुई हो जिसे तुम अपनी टीम कहती हो और जिसके कन्धे पर सिर रखकर हर दिन नया और हर रात नयी के सपने देख रही हो। उसको देखकर तो मेरा मन होता है मार ही डालूँ। वह तो तुम्हारा हार्ट-थ्रॉब है अब। यह तो माँ की शिक्षा है कि मैं अपने गुस्से पर काबू

रखूँ । अपने उठे हुए हाथ को दीवार पर मार अपने को नुकसान पहुँचाकर ही चुप रह गया।''

''बस एक चांस। इस बार तुम मेरे साथ दुबई चले चलो।''

''नो मोर चांसिस नाऊ। दो चार महीने बाद हम फिर इसी स्थिति में होंगे। तुम दुबई जाओ या बैंकाक। यू.के. जाओ या यू.एस., यू जस्ट लीव मी अलोन।''

''तुम मेरे बिना रह लोगे?''

''वो तुम्हारी सिरदर्दी नहीं।''

कोई उसे हिला रहा था या गुदगुदा रहा था। उसने करवट ली। बगल में रखा मोबाइल अपनी वायब्रेशंस से उसे उठा चुका था। उसने फोन कान से लगाया। माँ कह रही थी—

''तू अभी तक खाना लेकर नहीं गया। जानता है?''

उन्हें बीच में ही काटते हुए बोला :

''जानती हो मॉम, मैं इकतीस साल का हो चुका हूँ, मेरी फिक्र मत किया करो। सो जाओ।'' शायद मैं भी सोया हुआ था।

उसने फोन बन्द कर दिया था पर फिर घंटी बजनी शुरू हो गयी थी। माँ का ही फोन होगा, बन्द करने ही जा रहा था कि नम्बर कुछ अलग और पहचाना हुआ लगा। उसने कान से लगा लिया।

''मैं ऋचा बोल रही हूँ, सुमी की दोस्त, तुम सुमी के फोन क्यों नहीं लेते। वह कह रही है मैं तो डेटिंग कर रही हूँ। तुम भी ज़िन्दगी जियो।''

वह आगे कुछ कहती, उसने फोन बन्द कर दिया। सोच रहा था कि स्विच ऑफ कर दे कि फोन फिर बजा। कान में सुमी की आवाज़ पड़ी।

''देखो, तुम सुसाइड मत कर लेना।''

''यू शटअप।'' कहते हुए उसने फोन परे धकेला।

वह फिर बजा। माँ थी। उनका फोन बन्द नहीं कर सकता था, उसने बिना कान से लगाये स्पीकर दबा दिया, माँ कह रही थी, ''जानते हो क्या बजा है! दो चालीस हो रहे हैं। कब खाएगा, कब सोएगा, कब जागेगा। बेटा, काम करने में अपने को डुबो। एक्टिवेट कर अपने को, अपनी अटकन से बाहर आ।''

❑❑❑

णाणं पयासयं

वीर नि.सं. 2470

ई.सन् 1944

भारतीय ज्ञानपीठ